동의

Le Consentement by Vanessa Springora

© Éditions Grasset & Fasquelle, 2020

Korean translation copyright © EunHaeng NaMu Publishing Co., Ltd., 2021

This Korean translation edition was published by arrangement with
Éditions Grasset & Fasquelle.

이 책의 한국어판 저작권은 Éditions Grasset & Fasquelle사와
독점 계약한 (주)은행나무출판사에 있습니다.
저작권법에 의해 한국 내에서 보호를 받는 저작물이므로 무단 전재 및 무단 복제를 금합니다.

Cet ouvrage a bénéficié du soutien des Programmes
d'aide à la publication de l'Institut français.

이 책은 프랑스문화원의 출판번역지원프로그램의 도움으로 출간되었습니다.

동의

Le Consentement

바네사 스프링고라
장편소설

정혜용 옮김

Vanessa Springora

은행나무

뱅자맹에게,

그리고

라울을 위해

서언

동화는 지혜의 원천이다. 그렇지 않다면 무슨 이유로 시대와 시대를 건너 전해져오겠는가? 앞으로도, 신데렐라는 밤 12시가 되기 전에 무도회장을 떠나려 애쓰고, 어린 빨간 망토는 늑대나 늑대의 상냥한 목소리를 경계하고, 잠자는 숲속의 공주는 어쩔 수 없이 자꾸 끌리는 물레에 손가락을 가까이 갖다 대지 않도록 조심하고, 백설공주는 사냥꾼들을 멀리하며 그 어떤 구실을 대더라도 운명이 내미는 사과, 그렇게나 빨갛고 먹음직스러운 사과를 깨물지 않으리라……

젊은이들 모두가 글자 그대로 따르는 게 좋을 수많은 경고들.

처음 소유한 책은 그림 형제의 동화집이었다. 책이 너덜거릴 때까지 보고 또 본 바람에 두툼하고 딱딱한 겉표지 아래의 책장을 꿰맨 실들이 풀어지더니, 마침내 책장이 낱낱이 떨어져 나왔다. 어찌해도 위로받을 길 없는 상실. 책 속의 경이로운 이야기들은 영원한 신화를 들려주는데, 정작 그 책들은 결국엔 폐기될 수밖에 없는 유한한 사물에 지나지 않았다.

글을 읽고 쓸 줄 알기도 전부터 손에 닿는 것들, 그러니까 신문이나 잡지, 마분지, 스카치테이프, 노끈 등을 죄다 활용해 책을 만들었다. 가능한 한 튼튼하게. 우선은 사물에. 그 안의 내용에 대해서는 나중에 관심을 갖게 되리라.

오늘날에는 책을 불신의 눈으로 본다. 책과 나 사이에는 유리막이 세워졌다. 이제는 책이 독이 될 수 있음을 안다. 책이 얼마나 많은 양의 유독물질을 품을 수 있는지 안다.

너무도 오래전부터 우리 안에 갇혀 맴돌며, 살인과 복수가 우글대는 꿈을 꿔왔다. 드디어 내 눈앞에 자명한 이치처럼 해결책이 나타나던 그날까지는. 사냥꾼이 쳐놓은 올가미로 사냥꾼을 잡기. 바로 그를 책 안에 가두기.

| **일러두기** |

* 원문의 이탤릭체는 고딕체로 표기했습니다.
* 본문의 옮긴이 주는 괄호 안에 글씨 크기를 줄여 표기했습니다.

차
례

1부

아이

"우리의 지혜는 작가의 지혜가 멈춘 그곳에서 시작한다.
작가가 할 수 있는 거라고는 우리에게 욕망을 불러일으키는
것뿐임에도 우리는 그가 답을 주기를 바라는 걸까."

마르셀 프루스트, 《독서에 대하여》

경험이라고는 백지상태인 내 삶의 여명기. 내 이름은 V이고, '무려' 다섯 살짜리가 사랑을 기다린다.

　아버지란 딸에게 방패다. 나의 아버지는 바람일 뿐이다. 아버지에 대해서는 육체적 존재감 말고도, 새벽에 욕실에 감도는 베티베르 향, 여기저기 놓여 있는 남성용품들, 넥타이, 손목시계, 셔츠, 뒤퐁 라이터, 담배 피울 때 검지와 중지로 필터 아랫부분을 잡는 습관, 늘 냉소적이어서 농담인지 아닌지 알 길이 없던 말투가 기억난다. 그는 일찍 나가서 늦게 돌아온다. 바쁜 사람이다. 너무 자주 직업이 바뀌어서 그가 무슨 일을 하는지 그 일의 성격을 파악할 새가 없다. 학교에서 아버지 직업을 물으면 정확하게 말해줄수 없지만, 가정생활보다도 외부 세계가 더 자주 그를 불러내는 걸 보면, 중요한 사람임에는 틀림이 없다. 적어도 나는 그렇게 생각한다. 그의 옷차림은 늘 완전무결하다.

어머니는 스무 살이라는 이른 나이에 나를 가졌다. 어머니는 아름답다. 스칸디나비아풍의 금발에 이목구비가 반듯하며, 두 눈은 연푸른색을 띠고, 날씬한 몸매가 여성스러운 굴곡을 그리며, 목소리는 음색이 어여쁘다. 어머니에대한 나의 숭배는 끝이 없고, 어머니는 내게 태양이자 기쁨이다.

할머니가 영화에 나올 법한 그들의 생김새를 언급하며종종 말하듯이, 나의 부모는 서로 잘 어울리는 한 쌍이다.우리는 행복할 것 같지만, 내가 가족이라는 헛된 꿈을 잠깐이나마 꾸었던 그 아파트에서 셋이 함께한 삶에 대한기억은 모든 면에서 악몽이다.

저녁에 이불을 푹 뒤집어쓰고 누워 있으면, 아무 영문도모르겠는데, 아버지가 어머니를 '잡년' 혹은 '창녀' 취급하며 질러대는 고함 소리가 들려온다. 사소한 일이나 시선혹은 살짝 '튀는' 단어 하나 등 조금이라도 꼬투리를 잡았다 싶으면 그의 질투는 폭발한다. 이윽고 벽이 울리기 시작하고 그릇이 날고 문이 쾅 닫힌다. 그는 강박적 편집증 때문에 자기 허락을 받지 않고 물건을 옮겨놓는 걸 용납하지 못한다. 어느 날, 어머니가 자신이 방금 건넨 흰색 냅킨에 포도주를 쏟았다는 이유로 목을 조르려고 든다. 곧, 이런 부부 싸움의 빈도가 가파르게 올라간다. 그건 이미 미친 듯이 돌아가기 시작한 기계라서 그 누구도 멈춰 세울 수 없다. 나의 부모는 이제 몇 시간이고 서로의 얼굴에 대고 끔찍한 욕설을 퍼부어댄다. 내 방으로 피신한 어머니가 좁은 어린이 침대로 올라와 나한테 몸을 바싹 붙인 채 숨죽여 눈물을 흘리는 밤늦은 시간까지. 그러다가 어머니는 부부 침대로 돌아가 홀로 잠이 들고, 아버지는 다음 날 이번에도 역시 거실 소파에서 잠을 자고 있다.

어머니는 이렇게 억제하지 못하고 터뜨리는 분노와 응석받이 저리 가라 할 변덕에 맞서 쓸 수 있는 모든 수단을 다 써봤다. 사람들이 성격장애가 있다고 말하는 이 남자의 광증을 가라앉힐 약은 절대 없다. 둘의 결혼은 끝나지 않는 전쟁, 발단이 무엇인지 기억하는 이 없는 살육전이었다. 갈등은 곧 일방적인 방식으로 해결되리라. 고작 몇 주면 끝날 문제다.

어쨌든 그들, 그 두 사람도 언젠가 서로 사랑했을 거다. 한없이 긴 복도 끝의 침실 문에 가려진 그들의 성(性)은 내게는 괴물이 웅크리고 있을지도 모를 사각지대와 같은 효력을 발휘한다. 어디나 존재하며(발작처럼 터져 나오는 아버지의 질투는 그에 대한 일상적 증언이다) 비의적 성질의(포옹이나 키스, 친밀한 사랑의 몸짓이 부모 사이에 아주 희미하게라도 오갔다는 기억이 전혀 없다) 것.

무엇보다도 내가 벌써부터 찾아다니던 것, 그것은 침실의 닫힌 문 뒤에서 두 존재의 결합을 이뤄내는 신비, 그러니까 둘 사이에서 무엇이 생겨나는지를 알아내는 것이다. 초자연이 현실에 불쑥 끼어드는 동화에서처럼 성은, 내 상상 속에서는, 기적처럼 아기의 탄생으로 이어지고, 종종 불가해한 모습을 띠고 느닷없이 솟아날지도 모르는 마법의 과정과 비슷하다. 획책이든 우연이든 그 불가사의한 힘과의 조우는 나와 같은 아이에게서 끈질긴, 그리고 겁에 질린 호기심을 자아낸다.

여러 번, 어쩌면 무의식적으로 두 사람의 사랑 놀이를 중단시키려는 걸 텐데, 한밤중에 눈물을 흘리며 부모의 침실로 가서 배가 혹은 머리가 아프다고 울먹일 때, 턱 밑까지 시트를 끌어당긴 두 사람은 이상하게 죄지은 듯한 멍청한 표정이다. 내게는 두 사람의 몸뚱어리가 뒤엉킨 모습, 그 직전의 모습에 대해서는 희미한 흔적조차 남아 있지 않다. 그런 모습은 마치 기억에서 지워진 것 같다.

어느 날 교장이 부모를 소환한다. 아버지는 가지 않는다. 낮 동안 나의 생활이 어떤지에 마음 졸이며 귀 기울이는 건 어머니다.

"아이가 꾸벅꾸벅 줍니다. 밤에 잠을 자지 않는 것처럼요. 교실 구석에 간이침대를 펼쳐주라고 할 수밖에 없었어요. 무슨 일이죠? 학생 말로는 밤에 아버지와 어머니 사이에 격렬한 다툼이 있다던데. 그리고 돌보미 선생님 말씀이, 쉬는 시간에 V가 남자아이들 화장실에 있는 모습을 종종 봤다는군요. 뭘 하고 있었냐고 물으니 애가 아주 천연덕스럽게 이렇게 답하던데요. '다비드가 똑바로 오줌을 싸게 돕는 거예요. 제가 걔 꼬추를 잡아줘요.' 다비드는 막 할례를 받았으니, 말하자면, 좀 어려울 거예요, 그게……제대로 겨누기가. 다섯 살에 그런 놀이를 하는 건 전혀 이

상하지 않아요, 안심하셔도 됩니다. 그저 알고는 계셨으면
해서요."

어느 날, 어머니가 되돌릴 수 없는 결정을 내린다. 어머
니는 우리 둘이 이사를 나가는 계획을 몰래 짰고, 내가 방
학 캠프에 가 있는 동안 계획대로 아버지를 떠나 다시는
돌아가지 않는다. 초등학교 입학 전 여름의 일이다. 저녁
에 방학 캠프의 감독교사가 내 침대에 걸터앉아, 어머니가
우리가 살게 될 새 아파트, 나의 새 침실, 새 학교, 새 동네,
간단히 말해 파리로 돌아가서 우리가 맞게 될 새로운 생
활의 새로운 배치도를 설명해놓은 편지들을 읽어준다. 급
하게 쫓겨 간 시골구석에서, 옆에 부모가 없으니 다시 야
만인이 된 아이들이 고래고래 소리를 질러대는 한가운데
에서 겪는 이 모든 일이 내겐 현실감이 전혀 없다. 감독교
사는 어머니가 억지로 쾌활한 말투로 써서 보낸 편지들을
커다란 목소리로 읽어주면서 종종 눈시울이 젖고 목소리
가 갈라진다. 저녁마다 이런 의식을 치르고 나면, 나는 한
밤중에 몽유병 발작을 일으켜 출구를 향해 계단을 거꾸로
내려가는 모습으로 발견되기도 한다.

집안의 폭군을 떼어버리고 나니 우리의 삶은 황홀감에 젖는다. 이제 우리는 지붕 밑 다락방에 산다. 내 방은 똑바로 서 있기 힘들지만 구석구석 은밀한 공간들이 있다.

난 이제 여섯 살이다. 착실한 아이이고 모범생이며, 말 잘 듣고 말썽은 피우지 않고, 이혼 가정의 자녀들이 흔히 그렇듯이 어딘가 살짝 쓸쓸해 보인다. 반항기는 전혀 없고 그 어떤 형식의 위반도 피해 간다. 착한 어린 병사. 나의 주요 임무는 내가 여전히 그 무엇보다도 사랑하는 어머니에게 최고의 성적표를 가져다주는 거다.

저녁에 어머니는 가끔 적절하지 않은 시각까지 피아노

로 쇼팽 작품 전부를 연주한다. 우리는 스피커 볼륨을 한껏 올리고 밤늦도록 춤을 추기도 한다. 음악 소리가 너무 커서 화가 난 이웃들이 욕설을 내뱉으며 쫓아 올라오지만, 우리는 아랑곳을 않는다. 주말이면 어머니는 욕조 목욕을 하는데, 한 손엔 키르 루아얄 잔과 다른 손엔 JPS 담배 한 개비가 들려 있고 재떨이가 욕조 가장자리에 기울지 않게 놓여 있으며, 진홍빛 손톱이 우윳빛 피부와 백금빛 머리카락으로 인해 도드라져 보이는 게 근사하다.

집안일은 종종 내일로 미루어진다.

아버지는 더 이상 양육비를 내지 않게끔 손을 쓴다. 어떤 달에는 월말이 다가오면 힘들다. 어머니는 우리 집에서 연달아 열던 파티나 늘 잠깐으로 끝나지만 끊임없던 연애에도 불구하고, 내가 생각했던 것보다도 훨씬 더 외로움을 탄다. 어느 날 어머니의 애인들 중 한 명이 어머니의 삶에서 차지하는 자리에 대해 물으니 이런 답이 돌아온다. "네게 그이를 받아들이라고 밀어붙이거나 네 아버지 노릇을 대신하게 하는 건 말도 안 된다." 이제 어머니와 나는 뒤섞여 하나인 양 살아간다. 그 어떤 남자도 내밀한 우리 사이에 끼어들지 못하리라.

　새 학교에서 아지아라는 여자아이와 단짝이 되었다. 우리는 함께 읽고 쓰기를 배우고, 거리 모퉁이를 돌 때마다 카페테라스가 튀어나오는 매혹적인 우리 동네를 구석구석 쏘다닌다. 특히, 우리 둘 다 흔치 않은 자유를 누린다. 대부분의 친구들과는 달리 둘 다 집안 형편상 지켜봐주는 사람이 아무도 없고 저녁에도 베이비시터를 고용할 돈이 없다. 그런 건 필요 없다. 두 집 다 어머니들이 우리를 전적으로 신뢰한다. 우리는 흠잡을 데가 없다.

　내가 고작 일곱 살 때의 일이다. 아버지는 나를 데려다가 자기 집에서 하룻밤을 재운다. 그 뒤로는 다시 일어나지 않을 예외적인 일. 게다가 어머니와 내가 집을 떠난 뒤, 원래의 내 침실은 사무실로 바뀌었다.

　나는 소파에서 잠이 들었다. 이제는 내가 낯선 존재가 되어버린 이 장소에서 새벽에 잠이 깼다. 심심해서, 신경써서 꼼꼼하게 분류하고 정리해놓은 서가로 다가간다. 아무거나 책 두세 권을 뽑았다가 다시 조심스럽게 제자리에 넣어두고, 아랍어로 쓰인 코란의 축쇄판을 한참 만지작거리다가 그 조그만 붉은색 가죽 표지를 쓰다듬어보고 이해할 수 없는 기호들을 해독해보려고 애쓴다. 물론 그건 장난감이 아니지만 흡사한 구석이 있다. 그것 말고 다른 무엇을 가지고 이곳, 단 하나의 장난감도 남아 있지 않은 이집에서 놀 수 있겠는가?

한 시간 뒤, 아버지가 일어나서 방으로 들어온다. 가장 먼저 그는 주변을 휘둘러보고, 그러고는 서가 앞으로 가 쭈그리고 앉아서 선반 하나하나를 유심히 살펴본다. 그는 미친 사람처럼 바삐 움직인다. 세무 조사관처럼 병적인 치밀함을 보여주더니 의기양양하게 외친다. "이 책, 이 책, 그리고 이 책을 만졌구나!" 그의 우렁찬 목소리가 이제 온 집 안에 울려 퍼진다. 난 이해하지 못한다. 책을 만진 게 무슨 잘못을 저지른 거라도 되나?

가장 끔찍한 것, 그건 그가 정확히 봤다는 거다. 세 권 전부 다. 다행히도 나는 서가의 마지막 선반, 맨 꼭대기 선반에 손이 닿을 정도로 키가 크지 못한데, 아버지의 눈길은 거기에 오랫동안 머무르다가 야릇한 안도의 한숨을 내쉬며 아래로 내려왔다.

전날 벽장에서 뭔가를 찾다가 청소기와 빗자루 사이에 끼어 있던 실물 크기의 벌거벗은 여자, 전체가 라텍스 고무이고 입과 성기 부분은 끔찍스럽게 움푹 패고 주름진 구멍으로 되어 있으며 입술에는 비웃음이 걸려 있고 축축한 두 눈으로 나를 똑바로 쳐다보던 여자, 그것과 맞닥뜨렸다는 사실을 알아차렸더라면 그는 무슨 말을 하려나? 벽장문이 후다닥 다시 닫힌 만큼이나 재빨리 억압당한 지옥의 또 다른 이미지.

종종, 학교 수업이 끝난 뒤, 아지아와 나는 헤어져야 할 순간을 늦춰보려고 여기저기 에움길을 골라 걸어 다닌다. 두 골목이 마주치는 곳에, 휘어 도는 계단이 굽어보고 있는 작은 광장에 청소년들이 와서 롤러스케이트나 스케이트보드를 타고, 끼리끼리 모여서 담배를 피운다. 우리는 돌계단을 관측소 삼아, 사내아이들이 길쭉하기만 한 몸으로 허세를 풍기며 보여주는 동작에 감탄한다. 어느 수요일 오후, 우리는 롤러스케이트를 신고서 다시 그곳으로 간다. 처음이라 쭈뼛거리고 어설프다. 사내아이들이 살짝 우리를 놀려대는가 싶더니 곧 우리를 잊는다. 제때 멈추지 못

할지도 모른다는 두려움과 속도에 취한 우리 머릿속에는 미끄러지듯 나아가는 즐거움밖에 없다. 아직 이른 시간이지만 겨울이라서 벌써 어두워졌다. 두 뺨이 달아올라 여전히 가쁜 숨을 내쉬면서도 더없이 기분이 좋아서, 손에는 신발을 들고 두 발은 아직 롤러스케이트를 신은 상태로 돌아갈 채비를 하려는 순간, 커다란 외투로 몸을 휘감은 어떤 남자가 불쑥 나타나 우리 앞에 버티고 섰다. 그는 알바트로스 새가 절로 떠오르게 두 팔을 크게 내저으며 단박에 외투 자락을 벌렸고, 지퍼 사이를 뚫고 뻗어 나온 부푼 성기와 맞닥뜨린 우리는 기겁을 했다. 공포와 폭소 사이에서 아지아가 몸을 벌떡 일으키고, 나도 뒤따라 몸을 일으킨다. 우리 둘 다 아직 롤러스케이트를 신은 상태라는 것을 잊어버리고 후다닥 일어선 통에 균형을 잃고 앞으로 고꾸라진다. 우리가 다시 몸을 일으켜보니, 남자는 이미 유령처럼 사라져버린 뒤다.

아버지는 아직도 우리의 삶 속에 잠깐씩 모습을 보인다. 어떤 성질의 여행인지 모르겠지만 아주 멀리 여행을 갔다가 돌아오는 길에, 나의 여덟 살 생일을 축하하려고 우리 집에 잠깐 들러서 정말이지 뜻밖의 선물을 가져다준다. 또래 여자아이들 모두가 꿈꾸는 바비 드림 캠핑카다. 나는 고마움을 표시하려고 그의 품에 뛰어들고, 수집가다운 조심스러운 손놀림으로 한 시간을 들여가며 하나씩 꺼내어 보고, 바나나 색깔과 푸시아 핑크 색깔의 실내 가구에 감탄을 한다. 캠핑카에 딸린 열두 개가 넘는 소품들과 선루프, 내장형 주방용품, 덱체어, 2인용 침대…….

2인용? 어쩌지! 내가 제일 좋아하는 인형은 독신이라서 접이식 의자에 앉아 긴 다리를 쭉 뻗으며 "오늘은 햇살이 근사한데"라고 말해도 아무 소용이 없을 테니, 지겨워서 견디기 힘들겠는걸. 혼자서 캠핑을 하다니, 그건 기분 나쁜 일이다. 지금껏 쓸데가 없어서 오래전부터 서랍 속에 정리해뒀던 남자 인형, 턱이 네모지고 머리는 적갈색이며 자신감이 넘치는 벌목꾼 타입에 체크 셔츠를 입은 켄, 바비가 야영할 때 옆에 있는 것만으로도 안전감을 불러일으킬 게 확실한 켄이 퍼뜩 생각난다. 지금은 밤이니 이제 자러 가야 한다. 나는 침대에 켄과 예쁜 바비를 나란히 눕힌다. 그런데 너무 덥다. 우선 둘의 옷을 벗겨야지. 자, 됐다. 이런 무더위에 이렇게 해주면 둘 다 훨씬 편안할 거야. 바비와 퀜은 털도 성기도 젖꼭지도 없어서 이상하지만, 그들의 완벽한 비율로 이런 가벼운 흠 정도는 상쇄된다. 난 그 둘의 매끈하고 반짝이는 몸뚱어리 위로 이불을 끌어 올렸다. 지붕은 별이 반짝이는 밤하늘을 향해 열어뒀다. 난 캠핑카 옆에서 미니어처 피크닉 바구니를 정리하느라 여전히 바쁜데, 아버지가 떠날 채비를 하려고 의자에서 일어나 캠핑카 위로 성큼 넘어가다가, 무릎을 꿇고 차양 밑을 들여다본다. 음흉한 미소로 얼굴이 비틀리는가 싶더니, 이런 음란한 말을 뱉는다. "그러니까, 섹스 중?"

푸시아 핑크색은 이제 내 뺨, 내 이마, 내 손의 색깔이 된다. 어떤 사람들은 사랑에 대해 결코 아무것도 이해하지 못하리라.

그 시절 우리는 학교에서부터 거리 셋을 지나면 나오는 건물에 살고 있고, 어머니가 다니던 작은 출판사는 그 건물 1층에 들어 있다. 아지아와 함께 집으로 돌아갈 수 없게 되면 스테이플러, 스카치테이프, 복사용지 박스, 포스트잇, 클립, 갖가지 색깔의 볼펜들이 뒤죽박죽 섞여 여기저기 굴러다니고 있는 소굴, 진정한 알리바바의 동굴이라고 할 만한 그곳의 구석 자리에서 종종 간식을 먹는다. 그리고 또, 무너질 것 같은 선반마다 수백 권씩 아무렇게나 쌓아놓은 책들이 있다. 종이 박스에 포장된 상태로도. 박물관에서처럼 진열창 안에 진열된 상태로도. 벽에 붙여놓은 사진이나 포스터에 나온 상태로도. 내 놀이터는 책의 왕국이다.

마당에는 하루가 저물 무렵, 특히 화창한 날들이 돌아오면, 늘 경쾌한 분위기가 감돈다. 관리인 아줌마는 손에 샴페인병을 들고 관리실에서 나오고, 사람들은 정원용 의자와 탁자를 펴놓고, 기자들은 밤이 될 때까지 그곳에서 한가하게 빈둥거린다. 이 근사한 세계에 속한 사람들은 모두 교양이 있고 똑똑하고 재기발랄하며, 가끔은 개중 유명인사도 있다. 그건 온갖 재능으로 가꿔진 경이로운 세계다. 다른 사람들의 직업, 내 친구들의 부모나 이웃들은 그에 비해 지루하고 판에 박힌 듯하다.

언젠가는 나도 책을 쓰게 되겠지.

부모가 이혼한 뒤로, 나는 아버지를 점점 더 뜸하게 볼 뿐이다. 보통은 아버지가 저녁 식사 시간에 보자고 하면서 늘 고급 식당을 예약해놓는데, 식사가 끝나갈 무렵 유혹적으로 차려입은 육감적인 여자가 갑자기 나타나서 벨리 댄스를 춰대고 인테리어는 수상쩍은, 이런 모로코 식당 같은 곳이다. 수치스러워서 눈알을 파버리고 싶은 그 순간이 다가온다. 아버지가 오만함과 색욕이 뒤섞인 눈길을 던지며 그 아름다운 셰에라자드의 브래지어나 팬티 고무줄을 비집고 자신이 지니고 있던 가장 큰 액수의 지폐를 찔러 넣는다. 반짝이로 장식된 팬티 고무줄이 찰싹 소리를 내는 순간, 그 분위기 속에서 내 존재가 부슬부슬 부서져버린다는 건 그에겐 중요하지 않다.

벨리 댄스 정도는, 그러니까 그가 약속 장소에 나오는 경우는 그나마 낫다. 셋 중 두 번은, 그렇게 무시무시하게 값비싼 식당 의자에 홀로 앉아서 그 신사분이 너그러이 모습을 드러내주기만을 기다린다. 가끔 종업원이 다가와 나의 "아빠에게서 전화가 왔는데 반 시간 정도 늦을 거라고" 알려준다. 그러고는 식당 구석에 서서 내게 깜빡깜빡 눈짓을 보내주다가 물에 과일청을 타서 가져다준다. 한 시간이 지나도 아버지는 여전히 오지 않는다. 종업원은 당혹스러워하면서 세 번째로 석류청을 탄 물을 제공하고 내 미소를 끌어내려고 애쓰다가 돌아서 가며 중얼거린다. "아니, 뭐 이런 일이 다 있대! 가여워라, 어린아이를 이렇게 밤 10시까지 기다리게 하다니!" 종업원이 이번에는 어머니에게로 데려다줄 택시를 부른 뒤 택시비를 지불하라며 내게 지폐를 찔러 넣어주고, 어머니는 아버지가 여전히 마지막까지 뭉그적대고 나서야 불행히도 못 올 사정이 생겼다고 알려왔으니 당연히 성을 낸다.

아버지의 새 여자 역시 내가 너무 거추장스럽다고 여겨

아버지에게 압력을 넣게 되면, 아버지가 결국 내게 소식을 끊고 말 날이 오리라는 예상이 가능했고, 그날이 올 때까지 그런 일이 반복된다. 내가 카페 종업원들에게 유독 친밀감을 품고, 어려서부터도 그들과 함께 있으면 늘 가족과 함께 있는 것처럼 느끼게 된 것도 아마 이 시기부터이리라.

어떤 아이들은 나무들 사이에서 하루를 보낸다. 내 경우, 난 책들 사이에서 그런다. 아버지로부터 버림받고 나서 생겨난 달랠 길 없는 슬픔을 그렇게 누그러뜨린다. 열렬한 사랑에 대한 생각이 내 머릿속을 온통 점령한다. 사랑은 고통을 안겨준다는 것 말고는 크게 이해하는 것도 없으면서 너무 일찍부터 소설을 읽어댄다. 왜 그렇게 올되게, 사랑에 시달리기를 소원하는 걸까?

아홉 살 무렵의 어느 겨울 저녁, 마침내 어른들의 성(性)을 잠깐 엿볼 기회가 생긴다. 우리는 가족 단위로 찾는 산

속의 작은 호텔에서 어머니와 함께 휴가를 보내는 중이다. 친구들은 옆 객실로 든다. 우리가 묵는 방은 L자형 공간이라서, 얇은 칸막이 뒤의 숨어 있는 공간에 나를 위한 침대를 추가로 놓을 수 있었다. 며칠 뒤, 어머니의 애인이 자기 아내 모르게 합류한다. 잘생긴 남자로, 예술가이고 파이프 담배 냄새를 풍기며, 이전 세기의 유행을 따라 조끼를 입고 나비넥타이를 맨다. 그는 내게 관심이 없다. 그가 직원들의 주의력이 느슨해진 틈을 타서, 한 시간이고 두 시간이고 어머니를 만나 구석방에 둘이 처박혀 있으려는 때가 오후 시간이어서, 수요일 오후마다 텔레비전 앞에서 멀거니 시간을 보내는 나와 맞닥뜨려 종종 거북해한다. 심지어 어머니에게 이런 지적도 한다. "당신 딸은 남아도는 시간에 아무것도 안 하네. 오후 내내 바보상자를 보면서 바보가 되게 내버려두지 말고 이런저런 활동에 등록시키지 그래!"

이번에는 하루가 저물어갈 때 그가 들이닥쳤다. 그가 아무 때나 불쑥 들이닥치는 것에 익숙한 상태라서 나는 그 일로 더는 화를 내지 않지만, 어쨌든 스키 타는 모습이 상상되지 않는 그런 남자다. 저녁 식사 후, 나는 어른 둘이 뜬구름 잡는 대화를 나누게 내버려두고 자러 갔다. 평소대로 책을 몇 쪽 읽다가 잠에 빠져들었는데, 잠에 휩쓸리는 동시에 여기저기 쑤셔대던 근육이 갑자기 눈송이보다 더 가볍게 둥둥 떠올라 티끌 한 점 없는 순백의 트랙을 굽이감았다.

한숨 소리와 몸과 시트의 마찰음, 속삭이는 소리에 잠에서 깼고, 그 속삭임 사이에서 어머니의 억양과 그다음에는 그 콧수염 기른 남자의 억양을 가려냈고, 남자의 말투가 훨씬 더 권위적이라서 겁에 질린다. 갑자기 고도로 향상된 내 청력이 알아들은 건 "돌아"라는 토막 난 말뿐이다.

귀를 막고 몇 번 잔기침을 하여, 내가 생생하게 깨어 있다는 티를 낼 수도 있으리라. 가빠오는 호흡을 늦추려고 애쓰며, 불안감을 빚어내는 어스름에 잠긴 저편 공간에서 내 심장의 두근거림이 들리지 않기를 빌며, 그 육체 행위가 지속되는 내내 꼼짝도 않는다.

다음 해 여름, 나는 장차 가장 친한 친구로 지내게 될 같은 반 남자아이의 부모가 소유한 브르타뉴에 있는 집에서 방학을 보낸다. 우리보다 조금 나이가 많은 친구의 사촌도

며칠 예정으로 우리와 함께했다. 우리는 이층 침대와 오두막과 비밀 동굴이 있는 그런 방에서 잔다. 어른들이 저녁 인사로 볼에 키스를 해주고 방에서 나가자마자, 문이 닫히자마자, 우리가 낡은 타탄체크 담요들을 모아 만든 텐트 아래에서는 비록 성적으로는 순결하지만 창피해서 털어놓기 힘든 장난이 시작된다. 우리는 우리 생각에 엄청나게 에로틱한 소품들(깃털, 낡은 인형에게서 떼어낸 벨벳이나 새틴 같은 천 조각들, 베네치아풍 가면, 가느다란 끈……)을 몇 가지 주워 모았고, 우리 중 지목당한 한 명이 동의를 하고 포로 노릇을 하는 동안, 나머지 두 명은 포로가 걸친 내리닫이 잠옷의 자락을 걷어 올리거나 혹은 잠옷 바지를 끌어 내린 뒤, 흔히 두 눈을 가리고 손목이 묶인 상태라서 꼼짝할 수 없는 희생자를 낮 동안 매트리스 밑에 조심스럽게 숨겨뒀던 다양한 물품들로 쓰다듬는 데 온 힘을 기울인다. 이 달콤한 스침에 우리는 황홀해져서, 이번에는 천 조각을 대고 젖꼭지나 아직 털이 나지 않은 불두덩에 입술을 살며시 내려놓는 데까지 나아가보기도 한다.

아침에, 우리는 아무런 거북함도 느끼지 않는다. 그러한 깊은 밤의 쾌락은 잠과 섞이며 희미하게 풀어졌고, 우리는 여전히 서로 다투고 여전히 천진하게 들판에서 뛰논다. 시네클럽에서 〈금지된 장난〉이라는 영화를 보고 난 뒤, 두더지나 새와 곤충 같은 동물의 무덤을 만들어주는 일이 우리 사이에서 강박적 활동이 되었다. 에로스와 타나토스, 늘 그렇듯.

쥘리앵과 나는 같은 반이어서, 그 뒤로도 몇 년 동안 서로의 집에서 그 장난을 이어가게 된다. 낮에는 남매처럼 격렬하게 다투기. 저녁에는 어둠에 잠긴 침실에서 우리의 소형 매트리스를 바닥에 펴놓고는 서로에게 자석처럼 끌려가기, 우리를 만족을 모르는 탕자로 변화시키는 마법.

저녁마다 우리의 육체는 결코 만족을 모르는 쾌락을 추구하며 서로를 향해 뻗어나가지만, 그런 추구라고 해봤자 매번 똑같이 더듬어대는 동작을 다시 시작하는 것에 지나지 않는다. 그저, 처음에는 한없이 어설프고 은근하던 동작들이 시간이 흐름에 따라 점점 더 정확해지기는 한다. 몸을 비틀어대는 기술에 있어서 대가의 경지에 오른 터라, 그런 새로운 체조의 개발이 문제라면 우리의 상상력에 한계란 없다. 우리는 단 한 번도 본능적으로 탐했던 절정에 가닿지 못하고, 우리의 육체에 대한 지식은 여전히 짧으나 제법 몇 분 동안 그 쾌락의 문턱에 머무르며, 상대방을 애무할 때마다 혼탁한 욕망을 품고 겁에 잔뜩 질린 채로 뭔가가 균형을 잃고 넘어가지 않는지 그 효과를 살피지만, 그런 일은 절대 일어나지 않는다.

중학교 입학은 우리의 근심 걱정 모르던 시기의 끝을 알린다. 끈적이는 붉은 액체가 내 다리 사이로 흐르기 시작했다. 어머니가 내게 알린다. "됐다. 이제 여자가 됐어." 아버지가 레이더망에서 사라진 뒤로, 나는 남자들의 시선을 잡아끌려고 절망적으로 애를 쓴다. 헛수고. 난 못생겼다. 매력이라고는 조금도 없다. 아지아와 나, 우리 둘이 지나갈 때면 남자아이들이 벌써부터 아지아를 향해 휘파람을 불어댈 정도지만, 나는 아지아처럼 예쁘지 않다.

쥘리앵과 나는 막 열두 번째 생일을 지냈다. 가끔 저녁에 좀 더 대담한 장난으로 옮겨 가기 전에 우리가 나른하게 오랫동안 키스를 나눈다 해도, 이런 공모의 행위가 사랑의 형태를 띠지는 않는다. 우리 사이에는 어떠한 다정함도 없고, 낮 동안 서로에 대해 어떠한 관심도 보이지 않는다. 절대로 손을 잡지 않는데, 이 행위가 우리가 밤에 거위

털로 만든 은밀한 내실에서 주고받는 그 어떤 동작들보다도 훨씬 두렵다. 우리는 부모들이 말하듯 '약혼한 사이'이기는커녕, 그런 것과 가장 거리가 멀다.

중학교에 들어가자 쥘리앵은 거리를 두기 시작한다. 몇 주 동안이고 서로의 존재를 잊고 있다가 가끔 우리 집 혹은 쥘리앵의 집에서 만난다. 쥘리앵은 자신이 사랑에 빠진 이런저런 여자아이들에 대한 이야기를 한다. 나는 당혹감을 전혀 내비치지 않고 이야기를 들어준다. 난, 그 누구의 마음에도 들지 않는다고 생각할 수밖에 없다. 키는 삐쭉 크고 몸매는 밋밋한 데다 얼굴 한복판에 늘 머리카락을 늘어뜨리고 있으니, 어느 날엔가 휴식 시간에 학교 운동장에서 어떤 남자아이가 심지어 흉측한 두꺼비 취급까지 했더랬다. 아지아는 우리 집에서 먼 곳으로 이사 갔다. 또래 여자아이들이 다 그러듯이 나도 수첩을 사서 일기를 쓰기 시작한다. 청소년기가 그 배은망덕한 손길을 내게 뻗치는 동안 그저 격렬한 고독만 느낀다.

1층에 들어 있던 출판사의 파산이 이 모든 일에 정점을 찍었다. 어머니는 모자란 생활비를 메꾸려고 여행 안내서를 받아다가 집에서 몇 시간이고 종이를 내려다보며 교정을 본다. 이제는 한 푼 한 푼 세어가면서 지출해야 한다. 전깃불도 끄고 낭비하지 말기. 파티도 띄엄띄엄 열리고 친구들이 집에 찾아와 피아노를 치고 목청이 터져라 노래를 부르는 일도 점점 줄어든다. 그렇게나 아름답던 어머니는 시들어가고 홀로 술을 너무 마시며, 몇 시간씩 계속해서 텔레비전 앞에 앉아 있어 몸무게가 늘어나고, 몸도 가꾸지 않는다. 본인의 독신 생활이 본인과 마찬가지로 나에게도 감당하기 버겁다는 것을 알아차리기에는 상태가 너무 안 좋다.

내 삶에 깊이를 알 수 없는 허무를 남겨놓고 자리를 뜬 아버지. 독서 탐닉. 일종의 성적 조숙. 그리고 특히, 주목을 받고 싶은 거대한 욕구.

이제 모든 조건이 모였다.

2부

먹잇감

동의: 윤리 분야. 뭔가를 수락하거나 완수하겠다는
전적인 약속으로 이어지는 자유로운 사고 행위.
법 분야. 미성년자의 부모나 후견인이 해주는 결혼 허락.

《트레조르 드 라 랑그 프랑세즈 사전》

어느 날 저녁, 어머니가 문학계의 유명 인사 몇 명이 초대받아 온다는 저녁 식사에 나를 끌고 간다. 처음에는 거기 가자는 청을 딱 부러지게 거절한다. 어머니와 어울리는 어머니 친구들도 반 친구들만큼이나 견디기 힘들어져서, 그들과 거리를 두는 일이 점점 더 잦다. 열세 살에 나는 정말로 인간혐오자로 바뀐다. 어머니가 고집을 피우고 화를 내며, 내가 혼자 책 속에 빠져드는 짓을 그만둬야 하고 자신의 친구들, 그들이 내게 무슨 짓을 했다고 그들을 더 이상 보려고 들지 않는 거냐며 감정에 호소하는 협박을 동원한다. 마침내 내가 넘어간다.

식탁에서 그는 45도 각도로 앉아 있다. 눈에 확 띄는 당당한 풍채. 나이를 가늠하기 힘든 잘생긴 남자이고, 민머리지만 늘 완전 삭발 상태로 유지 관리하여 승려 느낌도 난다. 그의 눈길은 나의 사소한 동작까지도 놓치지 않고 줄곧 살피고, 내가 결국 대담하게 그를 돌아보면 미소를, 내가 첫 순간부터 아버지다운 미소와 혼동한 그런 미소를 보낸다. 그건 남자의 미소이기도 하지만 동시에 이제 내겐 없는 아버지의 미소이기도 하니까. 근사한 답변을 내놓고 늘 인용문을 적재적소에 사용할 줄 아는 그 남자는 작가, 난 이 사실을 빠르게 알아차리는데, 작가이며 자신의 청중을 홀릴 줄 알고, 사교계의 만찬에서 준수해야 할 관례들을 제 손금 보듯 훤히 꿰고 있다. 그가 입을 열 때마다 웃음이 여기저기서 터져 나오지만, 즐거움과 계략이 떠도는 그의 눈길이 떠나지 않고 머무는 대상은 늘 나다. 어떤 남자도 나를 그런 식으로 바라본 적이 없었다.

난 그 남자의 이름을 재빨리 기억에 담아두는데, 그 이름의 슬라브풍 음조가 즉각 내 호기심에 불을 지핀다. 이건 단순한 우연이 아니다. 내 성과 혈통의 4분의 1이 카프카의 고향 보헤미아에서부터 유래하고, 그뿐만 아니라 최근에 읽은 책이 카프카의 《변신》이다. 게다가 도스토옙스키의 소설로 말하자면, 내가 청소년기의 그 시점에 문학의 최고봉이라고 생각하는 바로 그런 소설이다. 러시아 계통의 성, 군살 한 점 없는 불교 승려 같은 모습, 비현실적인 푸른색 눈동자. 내 관심을 끌어당기는 데 그 외에 뭐가 더 필요할까.

어머니가 초대받아 가는 만찬 자리에서는 대개는 식당에 딸린 옆방에서, 겉보기로는 한 귀로 건성건성 듣고 있는 것처럼 보이지만 사실은 귀를 쫑긋 세운 채, 반쯤 선잠든 듯 와글거리는 대화 소리에 둥실둥실 내 몸을 맡긴다. 그날 밤 책을 한 권 가져갔던 터라 주요리를 먹고 나서 작은 거실에 몸을 숨겼는데, 작은 거실의 열린 문으로 내다보이는 식당에서는 이제 치즈를 내오고 있다(줄줄이 내오는 요리가 끝이 없고, 그 사이사이의 틈새 시간도 역시 끝이 없다). 집중을 할 수 없어서 읽히지 않는 책장 위로 몸을 수그린 채, 매 순간 식당 저편에 앉아 있는 G의 눈길이 뺨을 쓰다듬는 걸 느낀다. 남성적이지도 여성적이지도 않으며, 살짝 슈 발음이 튀는 그의 목소리가 내 안에 마법처럼, 주술처럼 스며든다. 바뀌는 어조 하나하나가, 단어 하나하나가 나를 향한 것 같은데, 이 사실을 알아차리는 사람이 나 하나뿐인가?

이 남자는 내 주변 어디에나 존재한다.

출발 시간이 다가온다. 꿈이었을까 두려운 그 순간이, 처음으로 욕망의 대상이 되었다는 느낌에서 비롯된 이 혼란이 곧 끝날 거다. 몇 분 후면 우리는 작별 인사를 나눌 테고, 내가 그 사람 이야기를 들을 일은 결코 다시 없을 거다. 그런데 내가 외투를 입는 순간, 어머니가 그 매력적인 G를 상대로 교태를 부리며 이야기를 나누는 게 보인다. G 역시 자연스럽게 그 수작에 응하는 것 같다. 믿을 수가 없다. 물론, 그 남자가 내게, 그저 청소년에 지나지 않고 두꺼비처럼 못생긴 내게 관심이 있을 거라는 생각을 어떻게 할 수 있었을까? G와 어머니가 몇 마디 말을 더 나누고, 어머니가 그의 관심에 우쭐해져 웃는다. 그러다가 갑자기 이런 말이 들려온다.

"이리 와라, 얘야. 우선 미셸을, 그다음에는 G를 데려다주자. G가 우리 집에서 멀지 않은 곳에 사니까. 그러고 나서 집으로 가자꾸나."

G가 뒷좌석에 올라타 내 옆에 앉는다. 우리 둘 사이에서 뭔가 자력을 띤 것이 오간다. 내 팔에 맞닿은 그의 팔, 내 눈을 응시하는 그의 눈길, 그리고 거대한 금빛 맹수의 잡아먹을 듯한 미소. 그 어떤 말도 필요치 않다.

그날 저녁에 들고 가서 작은 거실에서 읽은 책은 발자크의 《외제니 그랑데》였다. 이는 오랫동안 내 무의식에 남아 있던 말장난을 거쳐 내가 참여할 준비가 된 인간극을 여는 제목이 된다. 외제니 그랑데, 랭제뉘 그랑디, '순진한 여자아이는 자란다'.

첫 만남이 있고 난 다음 주, 급하게 책방에 간다. G의 책을 한 권 샀는데, 책방 주인이 내가 우연히 집어 든 책은 권하지 않겠다며 차라리 동일 저자의 다른 책으로 방향을 트는 걸 권해서 놀란다. "이게 학생과 더 잘 맞을 것 같네." 책방 주인이 알쏭달쏭하게 말한다. 책방 벽을 쭉 둘러 당시 유명 작가들을 찍은, 똑같이 초상화 사이즈인 사진들이 장식띠처럼 이어지고 있는 가운데, 흑백으로 찍은 G의 사진이 확 튄다. 책 첫 페이지를 여니 마음을 뒤흔드는 우연의 일치(하나 더). 첫 문장―두 번째도 아니고 세 번째도 아니고 글을 시작하는 바로 그 문장, 그토록 수많은 세대에 걸쳐 작가들이 고심하고 또 고심한다는 바로 그 유명한 첫 구절—이 연월일까지 완벽하게 일치하는 내 생일로 시작된다. "1972년 3월 16일, 그 목요일에 뤽상부르 역의 시계탑은 낮 12시 30분을 가리키고 있었다……." 이게 신호가 아니라면 무엇이겠는가! 몹시 놀라면서도 감동하여, 그것이 마치 운명의 선물이기라도 하다는 듯 소중한 책을 꼭 껴안고 책방을 나선다.

이틀에 걸쳐 탐닉한 그 소설에는 파렴치한 내용은 전혀 없고(책방 주인이 솜씨 좋게 골라냈다), 화자가 자기 연배 여자들의 아름다움보다는 젊은 여자들의 아름다움에 더 흔들린다는 사실이 솔직하게 암시되어 있다. 그렇게 재능이 풍부하고 또한 그렇게 명석한 문인을 만났다는 게 얼마나 특혜인가를 생각하며 공상에 잠긴다(사실은 내게 와서 머물던 그의 눈길을 떠올리는 것만으로도 날아오를 것 같다). 나는 차츰차츰 변해간다. 거울 앞에서 내 모습을 관찰하고 이제는 내가 예쁘장하다고 생각한다. 상점 진열창에 자기 모습이 얼핏 비치기만 해도 스스로 달아나던 그 두꺼비, 이제 날아오른다. 남자가, 그것도 '문인'의 시선이 내게 와 머물러줬다는 사실에 어떻게 으쓱한 기분을 느끼지 않겠는가? 어린 시절부터 형제자매, 길동무, 후견인, 그리고 친구 노릇을 대신해오던 게 책이다. 그때부터 나는 '작가', 진짜배기 작가에 대한 맹목적 숭배로, 인간성과 예술가라는 신분을 혼동한다.

매일 우리 집까지 우편물을 들고 올라가는 건 나다. 관리인 아주머니는 학교에서 돌아오는 내게 우편물을 건넨다. 관공서에서 보내온 여러 가지 봉투 사이에서 남청색 잉크로 적힌 내 이름과 주소가 눈에 띄는데, 왼쪽으로 살짝 기운 채 비스듬히 올라가는 둥글린 글씨체라 마치 문장들이 날아오르려는 듯하다. 뒷면에는 똑같은 색깔의 남청색 잉크로 G의 이름과 성이 적혀 있다.

나에 대해 길게 이어지는 찬사들을 늘어놓은, 완벽하게 매끄러운 그런 편지들이 앞으로 넘쳐나리라. 작지만 중요한 사항 하나. G는 내가 어른이라도 되는 것처럼 내게 존칭을 쓴다. 학교 선생님들 말고 내 주변의 누군가가 내게 말을 걸면서 즉각적으로 내 자아를 만족시켜주는 동시에 단박에 나를 자신과 대등하게 만드는 그런 존칭을 사용한 건 처음이다. 처음에는 감히 답장을 보내지 못한다. 하지만 G는 그 정도로 낙심할 남자가 아니다. 그가 하루에 두 번씩 편지를 보내올 때도 있다. 나는 그런 편지가 혹시라도 엄마 손에 들어갈까 봐 무서워서 아침저녁으로 관리실에 머리를 들이밀며, 늘 품고 다닐 정도로 편지들을 남몰래 소중히 간직하고 그게 누구든 아무에게도 말하지 않는 조심성을 발휘한다. 그러다가 그의 간청에 못 이겨 결국 용기를 그러모은다. 이번에는 내가 신중하고 다듬어지지 않은 답장을, 어쨌든 답장을 쓴다. 나는 이제 막 열네 살이 되었다. 그는 곧 오십 세가 되리라. 그래서, 뭐?

내가 미끼를 물자마자 G는 1초도 허비하지 않는다. 그는 거리에서 나를 지켜보고 내가 사는 동네 구석구석을 누비며 우연한 만남을 만들어내려고 애쓰고, 실제로 곧 그렇게 된다. 나는 잠깐 멈춰 그와 몇 마디 말을 주고받고 나서, 사랑으로 전율하며 다시 떠난다. 이제 나는 언제고 그와 맞닥뜨릴 수 있다는 것에 익숙해져서, 시장에 가거나 친구들과 함께 거닐 때 혹은 학교 가는 길에서나 돌아오는 길에서나, 보이지 않는 그의 존재가 늘 나와 함께한다. 어느 날 그가 만날 약속을 편지로 잡는다. 전화, 그건 너무 위험해요, 어머니가 받을 수도 있으니까, 라고 그가 편지에 썼다.

그는 생미셸의 27번 정류장 앞에서 자신을 찾으라고 했다. 나는 제시간에 간다. 엄청난 위반행위를 저지른다는 느낌에 후끈 달아서. 그 동네 어딘가로 커피나 한잔 마시러 가는 걸 상상했더랬다. 이야기나 나누고, 서로 알아가기 위해서. 그가 도착하자마자 자신은 집으로 초대해서 '다과'를 들자고 하려는 생각이었다고 말한다. 어떤 포장음식 판매점 이름을 탐욕스레 입에 올리더니, 그곳에 들러 엄청나게 비싸고 기가 막히게 맛있는 파이들을 산다. 오직 나를 위해서. 그가 아무렇지도 않다는 얼굴로 계속 이야기를 하면서 길을 건너는 통에 쏟아지는 말에 치인 나는 기계적으로 그를 따라가고, 그러다 보니 어느 결에 같은 노선버스의 맞은편 정류장에 가 있다. 버스가 도착한다. G가 버스에 타라고 권하면서 웃음을 띤 채 겁내지 말라고 말하고, 그 어조에 마음이 놓인다. "안 좋은 일은 절대 일어나지 않을 거예요!" 나의 머뭇거림에 그가 실망한 듯 보인다. 나는 이런 일을 맞을 준비가 되어 있지 않았다. 불시에 허를 찔려 반발할 수 없는 나는, 바보처럼 보이는 것만은 피하고 싶다. 그래, 그것만은 절대 안 돼. 그리고 인생에 대해 아무것도 모르는 어린 계집아이처럼 보이는 것도. "나에 대해 떠도는 이런저런 끔찍한 이야기마다 다 귀 기울일 필요 없어요. 자, 타요!" 하지만 나의 머뭇거림은 내 주변 사람들의 그 어떤 언급과도 관련이 전혀 없다. 그 누구도 그에 관해 끔찍한 이야기를 해준 적이 없으니. 내가 우리 둘이 만나기로 했다고 그 누구에게도 밝히지 않았으니까.

버스가 전속력으로 달린다. 우리가 생미셸 대로, 그리고 뤽상부르 공원을 지나가는 동안 G는 행복한 미소를 지어 보이고, 사랑에 빠진 듯, 우리가 한통속이라는 듯 내게 눈짓을 해대고, 나를 눈길로 품는다. 날이 화창하다. 겨우 두 정거장 만에 우리는 벌써 그의 집 아래에 도착한다. 이 또한, 이런 사태 또한 예상하지 못했다. 조금이라도 함께 걸을 수 있지 않았을까?

계단 폭은 좁고 승강기는 없는데, 7층까지 올라가야 한다. "다락방에 살고 있어요. 작가들은 아주 부유한 신사들이라고 생각할지 모르겠지만, 자, 봐요, 천만에, 문학, 그걸로는 가까스로 먹고산답니다. 하지만 이곳에서 난 아주 행복해요. 대학생처럼 살고 있고, 그게 나랑 아주 잘 맞으니까. 호사, 편안함, 이런 게 예술적 영감과 양립하는 일은 정말로 드물죠……"

나란히 7층까지 오르기에는 공간이 너무 좁다. 겉으로 보기에 나는 무서우리만큼 침착하지만 내 가슴에서는 심장이 북처럼 고동친다.

아마도 함정에 빠진 느낌을 갖지 말라고, 지금이라도 몸을 돌려 떠나면 된다고 생각하라고 내 앞에서 걷는 모양인데, 내가 불안해한다는 것을 눈치챘나 보다. 걸음아 날 살려라 달아날까, 연신 계단을 오르면서도 잠깐 그런 생각을 한다. G는 10분 전에 만난 여자애를 자기 원룸에 처음으로 초대해서 몹시 기쁜 젊은이처럼 활기차게 내게 말을 건넨다. 그의 걸음걸이는 유연하여 육상선수 같고, 단 한 번도 숨차하는 것 같지 않다. 스포츠인의 체격 조건.

문이 열리자 어지러운 원룸이 보이고, 그 끝에 너무나

좁아서 겨우 의자 하나 들여놓을 수 있을까 싶은, 스파르타풍의 최고봉이라 할 정도로 가장 간소한 축에 들 부엌이 있다. 차를 끓여낼 도구가 보이고, 계란 하나나 부칠까 싶은 프라이팬 하나가 겨우 보인다. "내가 글을 쓰는 데가 저기예요." 그가 장중한 어조로 말한다. 실제로 개수대와 냉장고 사이에 끼어 있는 아주 작은 탁자 위에 타자기와 쌓아놓은 종이 무더기가 버티고 있다. 방에서는 향과 먼지 냄새가 난다. 햇살이 창을 통해 밀려 들어오고, 쌓아 올린 책들이 달아나버린 다리를 대신하고 있는 둥근 탁자에는 구리로 된 붓다 모형이 놓여 있다. 영락없이 인도 여행 기념품일 코끼리는 코를 치켜든 채 마룻바닥과 페르시아산 양탄자 사이의 경계선에 길을 잃고 쓸쓸히 서 있다. 바닥 여기저기에 튀니지인들이 신는 가죽 신발, 책들, 그리고 또 책들, 가로도 세로도 두께도 색상도 제각각인 책들이 10여 군데에 쌓인 채 널려 있다……. G는 내게 자리에 앉으라고 권한다. 이 방 안에서 둘이 함께 앉을 수 있는 유일한 장소, 바로 침대다.

　나는 두 발을 바닥에 딱 붙이고 손바닥을 꼭 붙인 무릎 위에 올려놓고 등을 꼿꼿이 세우고 앉아서, 이 공간에 내가 와 있는 이유에 대해서 밝혀줄 신호를 찾아 눈길을 옮겨 다닌다. 몇 분 전부터, 시간이 박자를 바꾼 게 아닌 한, 심장이 빠르게 고동쳤다. 물론 일어나서 떠날 수도 있으리라. G는 겁을 주지 않는다. 원하지 않는데 억지로 남아 있게 하지 않을 거라는 것, 그건 확실하다. 불가피한 상황의 변화가 닥치리라는 예감이 들지만, 그렇다고 일어나지도 않고 말을 하지도 않는다. G는 꿈속인 듯 몸을 움직이고, 언제 다가온 건지 모르겠는데 어느 결에 갑자기 여기, 바로 곁에 앉아 떨리는 내 어깨에 두 팔을 두르고 있다.

그의 집에서 처음으로 보낸 오후에, 그는 자신이 세련되게 배려하는 사람임을 보여준다. 그는 한참 동안 입맞춤을 한 뒤 내 어깨를 쓰다듬고, 그저 스웨터 안에 손을 슬며시 집어넣을 뿐 스웨터를 벗으라고 요구하지 않는데, 결국 내가 스스로 벗고 만다. 자동차 뒷좌석에서 풋사랑에 빠져 있는 수줍은 두 청소년. 온몸이 나른한데도 나는 아주 자그마한 동작이나 약간의 대담함도 시도할 수 없을 만큼 굳어버려서, 내게로 숙인 그의 얼굴을 손가락 끝으로 잡고

54

서 그의 입술과 입에 집중할 뿐이다. 시간이 한없이 늘어 난다. 나는 두 뺨이 달아오르고 입술과 가슴이 미지의 기 쁨으로 잔뜩 부풀어서 집으로 돌아간다.

"별소리를 다하는구나!"

"아니라니까, 맹세해, 사실이야. 봐, 나한테 시를 써줬다니까."

어머니는 내가 내민 종이를 역겨움과 불신이 뒤섞인 표정으로 받아 들었다. 심지어 극소량의 질투심이 비치는 기겁한 표정. 어쨌든 어머니가 그날 저녁 그 사람을 집에까지 데려다주겠다고 제안하고 그가 목소리 가득 감미로움을 실어 수락했으니, 어머니는 그가 자신의 매력에 냉담하지 않다고 생각할 수 있었겠지. 어머니는 상상을 초월하는 난폭한 방식으로 내가 올되게 경쟁자가 되었음을 깨달고, 처음에는 이러한 감정에 눈이 먼다. 그러고는 곧 정신을 차리고 G와 결부될 수 있다고는 생각조차 해본 적 없는 그 말을 내 면전에 집어 던진다.

"그 사람이 소아성애자라는 걸 모르고 있니?"

"소아 뭐라고? 그래서 그런 사람에게 데려다주겠다고 제안한 거구나, 그런 사람을 자동차 뒷좌석에 자기 딸과 함께 있게 내버려두면서까지? 그리고 그게 대체 무슨 말이야? 말이 되는 소릴 해야지. 나는 여덟 살짜리 어린애가 아니라고."

어머니는 즉각 반격에 나서 나를 기숙학교에 보내버리겠다고 위협한다. 이제 지붕 밑 방에서는 고함 소리가 솟구친다. 어떻게 내게서 이런 사랑을, 첫사랑이자 끝사랑이며 유일할 사랑을 앗아 가려 할 수 있지? 내게서 아버지를 빼앗아 가고 나서(물론, 이제는 모든 것이 어머니의 잘못이니까) 그런 짓을 또 하게 내가 내버려둘 거라는 생각인가? 그와 헤어지라는 말은 절대 받아들이지 않겠다. 차라리 죽고 말지.

다시, 전에 비해 더욱더 열정적인 편지들이 줄을 잇는다. G는 온갖 형식으로 사랑을 고백하며, 나 없이는 살 수 없고 이제는 내 품에서가 아니라면 단 1분도 더 살아갈 가치가 없다며, 될 수 있는 한 빨리 자기를 보러 오라고 애원한다. 눈 깜짝할 새 나는 여신으로 바뀌었다.

다음 주 토요일, 어머니에게 친구 집에 가서 숙제한다는 핑계를 대고 G의 집 문간에서 초인종을 누른다. 어떻게 잡아먹을 듯한 그 미소에, 웃음기 찰랑이는 그 눈에, 귀족처럼 길고 섬세한 그 손에 저항하겠는가?

몇 분 뒤 나는 침대에 몸을 눕힌다. 이 일은 내가 겪어본 그 어떤 것과도 정말로 같지 않다. 내 몸에 와 닿는 몸은 털도 돋지 않은 청소년 특유의 보드라운 피부와 시큼한 땀 냄새를 풍기던 쥘리앵의 몸이 아니다. 그건 남자의 몸이다. 강하고 거칠며, 갓 씻고 향수를 뿌린 몸.

우리의 첫 번째 만남은 상체에 집중됐다. 이번에 그는 집요하게, 보다 내밀한 부위를 탐사하려고 든다. 그러자면 내 운동화 끈을 풀어야 하는데, 그가 그런 동작을 하며 희열을 느낀다는 게 뚜렷이 보인다. 청바지와 면 팬티(내게는 여성용이라는 이름에 걸맞은 그런 속옷이 없는데, 오히려 이 점이 G에게는 더할 나위 없는 기쁨을 안겨주고, 나는 여전히 막연하게만 그의 그런 심리를 느낀다) 또한 벗겨야 한다.

그러면서 그는 달콤한 목소리로 자신의 경험을 자랑하고 자신이 늘 아주 어린 여자아이들에게 절대 고통을 주지 않으면서 처녀성을 빼앗는 데 이르렀다며 자신의 수완을 자랑한다. 나아가 그 여자아이들은 다른 남자, 그러니까 아무런 배려 없이 그들을 매트리스에 짓눌러대며 단 한 번뿐일 그 순간을 영원한 환멸로 이어줬을 그런 거친 사내들이 아니라 자신에게 걸린 게 얼마나 다행인지 모른다며, 그 여자아이들은 그 일을 평생 감동적인 기억으로 간직한다고까지 단언한다.

길을 내기가 힘든 내 경우는 예외란다. 내 두 허벅다리는 스스로도 제어할 수 없는 반사작용으로 서로 다붙는다. 그가 내게 닿기도 전에 나는 고통으로 소리를 지른다. 그런데도 나는 한 가지만을 꿈꾼다. 허세와 낭만적인 감정이 뒤섞인 채 불가피하게 닥쳐올 상황, 그러니까 G가 나의 첫 번째 애인이 되리라는 전망을 속으로는 이미 수락했다. 그리고 이곳, 그의 침대에 누워 있는 건 바로 그런 이유에서다. 그런데 왜 나의 육체는 그걸 거부할까? 왜 이렇게 억누를 길 없는 두려움이 생길까? G는 당황하지 않는다. 그의 목소리는 기운을 북돋는 말들을 내게 소곤댄다.

"별것 아니야. 그동안 다른 방식으로 해볼 수 있어, 너도 알지."

성당 문턱을 넘기 전 성수로 성호를 그어야 하는 것과 마찬가지로, 어린 여자아이의 몸과 영혼을 소유하는 일은 일종의 성스러움의 의미를 띠지 않고서는, 그러니까 불변의 의식을 치르지 않고서는 이루어지지 않는다. 남색에는 나름의 법칙이 있어, 열의를 갖고 종교적으로 준비된다.

G는 매트리스에 나를 엎드리게 하더니 머리에서 발끝까지, 내 몸의 아주 작은 부분까지도 빼놓지 않고 핥아나가기 시작한다. 목덜미, 어깨, 등, 가슴, 엉덩이. 뭔지 모르게, 이 세상의 내 존재가 지워지는 듯하다. 탐욕스러운 그의 혀가 내 안으로 미끄러져 들어오자, 나의 영혼이 날아오른다.

이렇게 나는 내 처녀성의 1부를 잃는다. 어린 사내아이처럼, 그가 내 귀에 슬며시 속삭인다.

나는 사랑하고, 사랑받고 있다고 느낀다. 이전에는 결코 없었던 일이다. 이거면 우리 관계에 대한 그 어떤 판단도 유보하고 그 어떤 껄끄러움도 지워버리기에 충분하다.

처음에는, G의 침대에서 시간을 보내고 난 뒤 특히 두 가지를 보고 마음이 크게 움직인다. 서서 오줌 누는 모습과 면도하는 모습. 마치 처음으로 그런 동작들이 너무 오래전부터 여자들의 의례로 좁혀 든 세계에 들어온 것 같다.

내가 G의 품에 안겨 발견한 것, 그때까지 그렇게나 뚫고 들어갈 수 없던 어른의 성이라는 영역, 그건 내게 신대륙이다. 나는 특혜를 누리는 제자다운 열의로 그 남자의 육체를 탐사하고, 그의 가르침을 감사의 마음으로 습득하고, 실습에 집중한다. 선택받았다는 느낌이다.

G는 자신이 쓴 책 몇 권에서 보여주듯이, 이제까지 아주 문란한 삶을 살아왔다고 실제로 내게 털어놓는다. 무릎을 꿇고 두 눈이 눈물로 부옇게 흐려져서, 애인들 모두와 관계를 끊겠다고 약속하고, 자신은 평생 이렇게 행복한 적이 없었으며 우리의 만남은 기적, 신이 내린 진정한 선물이라고 중얼댄다.

초기에 G는 나를 박물관으로, 가끔은 극장으로 데리고 다니고, 음반을 선물하고, 독서에 대해 충고를 해준다. 손에 손을 맞잡고 뤽상부르 공원의 샛길들을 따라 걷고, 길 가다 마주치는 사람들의 호기심과 의심이 어린 혹은 못마땅해하는, 심지어 가끔은 대놓고 보여주는 증오의 눈길들에는 신경도 쓰지 않고 파리의 골목들을 돌아다니느라 얼마나 많은 시간을 보냈던가.

부모와 함께 등하교해야 하는 나이였을 때는 어머니 혹은 아버지가 곧 열릴 교문 앞에서 자신이 사랑하는 그 얼굴이 나타나기를 기다리며 감미로운 염려의 표정을 짓기 마련이나, 나의 부모가 그런 얼굴로 나를 찾으러 학교 앞에 종종 왔다는 기억이 없다. 어머니는 늘 늦게까지 일했다. 나는 방과 후 활동을 마치고 혼자 집에 왔다. 아버지는 심지어 내가 다니는 학교가 있는 거리 이름조차 알지 못했다.

이제는 G가 학교 출구 앞에, 아니 바로 앞이라고는 할 수 없고 거기에서 몇 미터 떨어진 길 끝에 있는 작은 광장에 거의 매일 와 있다. 그래서 나는 잔뜩 들떠 있는 한 무리의 남자아이들 뒤로 보이는 기다란 형체를 즉각 알아본다. 그 형체는 봄에는 식민지풍의 군복 스타일 윗도리를, 겨울에는 2차 세계대전 당시 러시아 장교들이 입던 외투처럼 금빛 단추가 달린 긴 외투를 걸치고, 겨울이나 여름이나 자신의 익명성을 보호한다며 선글라스를 낀다.

우리의 사랑은 금지된 것이다. 건전한 사람들에게 배척당하는. 나도 그렇다는 걸 안다. 그가 줄기차게 내게 그 사실을 되뇌어주니까. 그래서 그 누구에게도 말할 수 없다. 조심해야 한다. 그런데 대체 왜? 내가 그를 사랑하고 그가 나를 사랑한다는데, 대체 왜?

그런데 그 선글라스, 그건 정말 눈에 안 띄는 건가?

G가 주린 사람 모양 내 육체를 탐하는 사랑의 시간이 지나가고 나면 매번 우리 둘은 현기증이 일 만큼 쌓인 수백 권의 책에 둘러싸인 채 원룸의 고요 속에 잠긴다. 그럴 때면 그는 헝클어진 내 머리카락 속에 손가락을 집어넣고, 품에 안은 나를 갓난아기처럼 흔들어주고, 나를 '나의 사랑스러운 아이' '나의 어여쁜 초등학생'이라고 부르며, 아주 어린 여자아이와 장년 남자 사이에서 생겨난 길고 긴 비윤리적인 사랑 이야기를 달콤한 목소리로 들려준다.

이제 내게 오롯이 내 교육에 헌신하는 개인 교사가 생겼다. 그의 교양의 폭은 사람을 홀릴 정도이고, 비록 수업이 끝난 뒤 내가 받는 강의가 늘 매우 편향된 것이지만, 그에 대한 나의 찬미는 계속 커져갈 뿐이다.

"고대에는 어른이 젊은이를 성으로 인도하는 일이 권장됐을 뿐만 아니라 의무로 간주되었다는 걸 알아? 19세기에 들어서도, 에드거 포가 결혼했을 당시 버지니아는 고작 열세 살이었어. 이런 얘긴 들어봤니? 보수적이라는 부모들 모두 루이스 캐럴이 어떤 인물인지에 대해서 손톱만큼의 생각도 없이 아이를 재우기 전에 《이상한 나라의 앨리스》를 읽어주는데, 그 생각만 하면 폭소를 터뜨리고 싶단 말이지. 캐럴은 사진에 푹 빠져서는 어린 여자아이들의 초상을 수백 장이나 강박적으로 찍어댔어. 그중에 진짜 앨리스가 있었고. 그 아이에게서 영감을 얻어 자신의 평생 사랑이자 걸작의 주인공을 만들어냈단다. 그런 사진들을 본 적 있니?"

서가의 맞춤한 자리에 사진첩이 놓여 있어서 에로틱한 사진들을 내게 보여주는데, 이리나 이오네스코가 여덟 살밖에 안 된 어린 딸 에바에게 두 다리를 벌리게 하고, 옷이라고는 허벅지까지 올라오는 검은색 스타킹만 신겨놓고, 매혹적인 인형 같은 얼굴에 창녀처럼 보이게 분칠을 해놓

66

고 찍은 사진들이다. (그 결과 에바의 어머니는 딸의 양육권을 빼앗기고 에바는 열세 살에 사회복지시설에 맡겨졌다는 뒷이야기는 쏙 빼놓는다.)

또 한번은, 성적 욕구 불만이 목구멍까지 차오른 미국인들이 불쌍한 로만 폴란스키를 영화감독으로 활동하지 못하게 박해했다며 미국인들을 맹렬하게 비난한다.

"모든 걸 뒤죽박죽으로 만드는 건 청교도들이야. 강간당했다고 주장하는 그 계집애는 시기하는 자들에게 조종당한 거지. 그 아이는 동의했어. 뻔히 보이는 사실이잖아. 그리고 데이비드 해밀턴. 모델들이 머릿속에 다른 생각은 전혀 없이 그가 들이미는 카메라의 눈에 제 몸뚱이를 내놨다고 생각하니? 그렇게 믿는다면 정말 순진한 거고……."

끝도 없이 줄줄이 늘어놓는다. 그렇게나 교훈적인 수많은 예들 앞에서 어떻게 굽히지 않을 수 있겠는가? 열네 살 난 여자아이도 자신이 원하는 사람을 사랑할 권리와 자유가 있다. 나는 그런 가르침을 잘 간직했다. 게다가 나의 삶은 예술가에게 영감을 불어넣는 여자의 삶으로 바뀌었으니.

초기에 어머니는 이런 상황을 전혀 달갑지 않게 바라본다. 놀라움, 충격이 가시고 나자 어머니는 친구들에게 의견을 구하고 주위에서 충고를 얻는다. 알고 보면 그 누구도 특별히 걱정하지 않는다. 차츰차츰 나의 결연함 앞에서 어머니는 그 사실을 있는 그대로 받아들이고 만다. 어쩌면 어머니는 내가 실제로 그런 것보다도 더 강하고, 더 성숙하다고 생각하는지도 모른다. 어쩌면 어머니는 다르게 반응하기에는 너무나 외로운지도 모른다. 또 어쩌면 어머니에게는 곁에 있다가 이렇게 정상에서 벗어난 일, 이렇게 양식에서 벗어난 일, 이런…… 이런 것에 맞서 나서줄 남자가, 딸을 위해 나서줄 아버지가 필요한지도 모른다. 이런 상황을 도맡아줄 그 누군가가.

또한 이런 일에 덜 너그러운 문화적 분위기와 시대도 필요하리라.

실제로 내가 G와 만나기 10년 전인 70년대 말에, 다수의 좌파 쪽 신문과 지식인들이 청소년과 '온당치 않은' 성관계를 맺었다고 고소당한 성인들을 공개적으로 옹호했다. 1977년에 미성년자와 성인 사이의 성관계를 처벌하지 말아 달라는 공개서한인 「어떤 소송에 대해」가 〈르 몽드〉에 발표되고, 명성이 자자한 지식인들, 정신분석가들, 저명한 철학자들, 절정기를 구가하는 작가들, 대부분이 좌파인 사람들이 이 서한에 서명하고 지지한다. 무엇보다도 롤랑 바르트, 질 들뢰즈, 시몬 드 보부아르, 장폴 사르트르, 앙드레 글뤽스만, 루이 아라공 등의 이름이 보인다. 이 서한은 열세 살 혹은 열네 살인 미성년의 여자아이들과 성관계를 맺은 (그리고 사진을 찍은) 혐의로 소송 대기 중인 남성 세 명의 수감에 반대한다는 내용을 담고 있다. 특히 "아주 자그마한 폭력도 가해진 바 없는 아이들은 폭력의 희생자도 아닐뿐더러 오히려 예심판사들에게 본인들 스스로 동의했다고 (비록 현재, 법원이 아이들에게는 동의할 권리 자체가 없다는 의견이지만) 밝히고 있는 만큼, 단순한 '풍속 사건' 심리를 위한 그런 장기간의 구금은 이미 그것만으로도 분노할 만한 일로 보인다"라는 대목을 읽을 수 있다.

이 청원에 G. M.도 서명한다. 2013년이 되어서야 그는 자신이 이 일을 주도했고(심지어 문안 작성자이다) 서명 요청을 받고서 거부하는 사람은 당시 아주 소수일 뿐(그중 유명인으로는 마르그리트 뒤라스, 엘렌 식수, 미셸 푸코를 들 수 있다. 푸코는 더구나 모든 종류의 억압을 가장 먼저 나서서 고발했던 사람이 아닌가)이었다고 밝히게 된다. 같은 해에 이번에는 더 많은 동의를 받아(앞서 언급한 이름들 외에 몇 명만 말해보자면 프랑수아즈 돌토, 루이 알튀세르, 자크 데리다의 이름이 더 올라가는데, 공개서한은 당시 가장 주목받는 지식인 축에 끼는 80명의 서명을 담고 있다), 「미성년자와 성인 간의 성관계에 관한 형법 조항 개정을 위한 호소」라는 또 다른 청원이 〈르 몽드〉에 실린다. 1979년, 이번에는 여섯 살부터 열두 살 사이의 어린 여자아이들과 동거한 죄로 기소당한 제라르 R.이라는 인물을 지지하는 또 다른 청원이 역시 문학계의 주요 인사들의 서명을 달고서 〈리베라시옹〉에 실린다.

30년 뒤, 이론의 여지가 있다는 선에서 무마할 수 없는 이런 논의에 기꺼이 지면을 할애했던 신문사들 전부 줄줄이 사죄의 글을 싣게 된다. 미디어란 시대상의 반영에 지나지 않는다고, 그들은 변명하리라.

그 모든 좌파 지식인들은 대체 왜 그처럼 열성적으로, 오늘날에는 너무나 충격적으로 받아들여질 입장을 지지했을까? 특히 성적 자기 결정권의 법적 연령 폐지 및 성인과 미성년자 사이의 성관계에 관한 형법 조항의 완화를?

70년대에는 풍속의 해방과 성혁명의 이름으로, 모든 육체의 자유로운 향유를 지지해야 할 의무가 있기 때문이다. 따라서 청소년의 성생활을 막는 건 사회적 억압에 속하며, 동일 연령층에 속하는 개인들 사이에서만 성생활이 이루어지게 가둬두는 건 일종의 차별이 되리라. 욕망의 감금에 맞서, 모든 억압에 맞서 투쟁하기, 이것이 편협한 인간이나 반동적인 몇몇 재판관이 아니라면 그 누구도 토를 달리 없는 당시의 행동 지침이다.

원칙의 빛나감이자 맹목으로, 그런 청원에 서명했던 거

의 모든 사람들이 훗날 사과를 하게 된다.

내가 자라난 80년대의 환경은 여전히 그런 세계관으로
물들어 있다. 어머니가 털어놓은 바로는 본인이 청소년이
던 시절에는 육체와 육체적 욕망은 여전히 금기여서 부모
가 성에 관해 말해주는 법이 결코 없었단다. 68년에 어머
니는 막 열여덟 살이 되었고 처음에는 너무 속박이 심한
교육으로부터, 그다음에는 너무 젊어 결혼했으나 함께 살
기 힘든 남편의 영향력으로부터 해방되어야만 했다. 고다
르나 소테의 영화에 나오는 여주인공들처럼 어머니는 이
제 그 무엇보다도 자신의 삶을 살기를 갈망한다. '금지하는
것을 금지한다'가 아마도 어머니에게는 주문으로 남았는
지도 모른다. 시대 분위기에서 벗어나기가 그렇게 쉬운 게
아니다.

이런 상황이니만큼, 어머니는 마침내 우리 삶 속에 G가
존재하는 걸 받아들이고 말았다. 우리 둘에게 어머니가 면
죄부를 부여하는 건 미친 짓이다. 어머니도 마음속 깊은 곳
에서는 그 사실을 알고 있으리라. 이 일로 어느 날엔가는

본인의 딸부터 시작하여 여기저기서 호되게 비난받을지도 모른다는 것 또한 알고 있을까? 내 고집이 너무 세서 어머니는 반대하지 못한 걸까? 어쨌든 어머니의 개입은 G와 협정을 맺는 것에 한정된다. 그는 내가 고통을 겪는 일은 절대 없으리라고 맹세해야 한다. 어느 날, 내게 그런 이야기를 들려준 건 바로 그 남자다. 나는 그 장면을 상상해본다. 두 사람은 서로의 눈을 응시하고 있고, 분위기는 엄숙하다. 맹세하세요. "맹세합니다!"

가끔 어머니는 지붕 밑 우리 집으로 그 남자를 초대해서 저녁 식사를 대접한다. 깍지콩을 곁들인 양 다리 요리를 둘러싸고 식탁에 앉은 세 사람이라니, 거의 화목하고 단출한 가족으로 보일 지경이다. 마침내 한자리에 모인 엄마-아빠, 그리고 환한 얼굴로 가운데 앉아 있는 나, 다시금 함께한 삼위일체.

이런 생각이 아무리 불쾌하고 아무리 비정상적으로 보일지라도, 아마도 어머니에게 G는 무의식 속에서 이상적인 아버지의 대체물, 자신이 내게 제공할 수 없었던 아버지일지도 모른다.

게다가 그렇게 괴이한 상황이 그녀의 마음에 완전히 안 드는 건 아니다. 이런 상황에는 심지어 자신의 가치를 드높이는 뭔가가 있다. 예술가들과 먹물들로 이루어진 자유분방한 우리의 환경에서는 윤리적 일탈을 너그러움으로, 심지어 일종의 찬탄으로 맞이한다. 나아가 G는 유명 작가이니, 이 사실이 결국 현실을 미화하는 쪽으로 작용한다.

예술가들이 이와 같은 매력을 발산하지 못하는 완전히 다른 환경에서였다면 어쩌면 사태는 완전히 다르게 흘러갔을지도 모른다. 그 인물은 투옥될 거라는 위협을 받았을 거다. 여자아이는 심리학자를 보러 가서, 동양풍 장식의 레스토랑에서 호박빛 엉덩이를 찰싹 때리던 고무줄에 대해 깊이 묻어뒀던 추억을 떠올렸을 거고, 그러면 사건은 해결됐을 거다. 사건 끝.

"할아버지 할머니가 절대 알아서는 안 된다, 얘야. 두 분 다 이해하지 못하실 거야." 어느 날 어머니가 대화 도중에 넌지시 말한다.

어느 날 저녁, 어디엔가 웅크리고 있던 고통이 왼손 엄지 관절에 나타난다. 나도 모르는 새 그 부위를 얻어맞았나 생각하다가 혹시 낮에 손가락을 집중적으로 사용하는 작업을 했는지 이리저리 따져보지만, 아무것도 머릿속에 떠오르지 않는다. 두 시간 뒤, 염증이 모든 손가락 관절 마디마디로 퍼져나가더니 참을 수 없이 고통스럽게 욱신대기 시작했다. 어떻게 육체의 그리도 작은 부분이 그렇게나 엄청난 고통을 일으킬 수 있을까? 불안해진 어머니가 긴급 왕진 의료서비스의 도움을 요청한다. 채혈을 하고 분석 결과가 나왔는데, 백혈구 수치가 비정상적으로 높다. 나는 응급실로 실려 간다. 가는 길에 고통이 신체의 다른 관절 부위로까지 퍼져나간다. 나를 위한 침대가 마련됐을 때, 난 이미 더는 꼼짝도 할 수 없다. 말 그대로 마비 상태다. 의사가 연쇄상구균 감염에 의한 급성 류마티스성 관절염이라고 진단한다.

이제 몇 주간 입원해야 하는데, 이 입원 시기는 나의 기억 속에서 끝이 나지 않는 시간으로 나타나리라. 병에 걸리면 시간지각이 왜곡되는 법이다.

입원해 있는 동안 예기치 못한 세 번의 방문이 있었고, 이러한 방문들은 각각 재미와 거북함과 황폐함의 느낌을 동반한 추억으로 남는다.

첫 번째 방문은 입원하고 나서 고작 며칠 뒤의 일이다. (지극히 선량한 의도로 움직인 어머니의 동성 친구들 중 하나가 아니라면) 어머니가 환자인 내게 다급하게 정신분석가를 보냈고, 그 인물은 병실로 들어서며 내게 보낸 최초의 눈길에서부터 이미 손에 잡힐 듯이 뚜렷이 드러난 연민으로 가득했다. 그 사람과는 앞에서 묘사했던 그런 만찬에서 두세 번 마주쳤던 적이 있었다.

"V, 너랑 이야기 좀 하려고 왔다. 네게 도움이 될 거야."

"무슨 말씀을 하고 싶으신 거예요?"

"네 병은 다른 뭔가가 발현된 결과라고 생각해. 보다 깊은 병이 말이야. 학교에선 어떻니? 괜찮아?"

"아뇨, 지옥이죠. 이젠 거의 학교에 가지 않아요. 좋아하지 않는 과목들은 다 빠져버려서 어머니가 미치려고 해요. 어머니 사인을 흉내 내서 가짜 사유서를 만들어, 카페에 몇 시간이고 죽치고 앉아 담배를 피우기도 하고. 한번은 할아버지 장례식을 구실로 삼기도 했는데, 어머니는 그건 그냥 넘기지 못했지요! 내가 좀 심했다고 말해야겠죠?"

"그 병이 말이야…… 어쩌면…… 네…… 현재 상황과 관련이 있을 수도 있단다."

그럼 그렇지, 이거로군. 방심하고 있으면 꼭 뒤통수를 치는 법이다. 이 작자는 대체 무슨 생각을 하는 거지? G가 내게 연쇄상구균을 옮겼다고 생각하는 건가?

"무슨 상황요? 무슨 말씀을 하시는 거죠?"

"네가 병이 나기 전에 느꼈던 감정을 얘기하는 거부터 시작하면 어떨까. 나하고 얘기 좀 나눠줄래? 넌 충분히 똑똑하니, 말을 하는 게 상태를 호전시키는 데 도움이 된다는 걸 알고 있잖니? 어때?"

물론, 나라는 미미한 존재에 대한 진지한 관심이라고 느끼기 시작하면, 게다가 그 관심이 성별이 남성에 속하는 사람으로부터 온다면, 나의 방어기제는 무너져버린다.

　"좋아요."

　"수업은 왜 그렇게 빼먹는 건데? 정말 과목이 재미없어서만 그러는 걸까? 난, 다른 이유가 있는 것 같아."

　"난…… 어…… 뭐라고 하면 좋을까…… 사람들이 무서워요. 우습죠?"

　"천만에. 많은 사람들이 너와 같단다. 어떤 상황에서는 불안과 공포가 불쑥 찾아들지. 학교, 그러니까 중학교, 그게 충분히 불안 요소가 될 수 있어. 특히 지금 상황을 보면. 그런데 지금은 어디에 그 고통이 나타나니?"

　"무릎에요, 저기. 속에서 화끈거리는데, 정말 끔찍하게 아파요."

　"그래, 네 어머니도 그렇게 말하더구나. 흥미롭군. 아주 흥미로워……."

　"아, 그래요? 흥미로워요, 무릎이?"

　"'무릎'이라는 말 속에서 무슨 소리가 들리니? 음절을 나눠보면 나 그리고 우리가 들리잖아. 네 문제는 '류머티

스성 관절염'이고. 그러니까…… '나'와 '우리' 사이를 잇는 '관절' '관계'의 문제라는 데 너도 동의할 것 같은데?"

이런 말을 하면서 정신분석가의 얼굴에는 강렬한 만족과, 이렇게 말할 수도 있다면 완전한 행복의 표정이 스쳐 간다. 그때까지 나의 무릎은 오로지 G에게서만 그런 효과를 촉발했는데. 난 할 말이 없다.

"가끔 마음의 고통은 침묵을 지키다가 육체적 고통을 터뜨리면서 몸을 통해 표현된단다. 두루두루 생각 좀 해봐라. 널 더 이상 피곤하게 하지 않으마. 더구나 넌 쉬어야 한단다. 오늘은 이 정도에서 끝낼까."

대화를 시작하면서 모호한 암시를 한 것 말고는 정신분석가는 G와 나의 관계에 대해서는 한마디도 하지 않았다. G가 우리 얼굴에 비난의 시선을 던지는 사람들을 훈계질쟁이 꼰대들이라고 부르기를 좋아하듯이, 나 역시 그가 그런 사람일 뿐이라고 생각했다……. 그래서 그를 도발하려고 이런 질문을 던진다.

"그것 말고 내게, 나의 **상황**에 대해 다른 할 말은 전혀 없으시고요?"

이번에는 그가 후려치는 어조로 대답한다.

"더 덧붙일 말이 있겠지. 하지만 그 말이 네 마음에 들지는 않을 거다. 류머티즘이라니, 정말이지 네 나이에 있을 법한 병은 아니지."

며칠 뒤, 어머니의 애인 역시 예고 없이 들이닥친다. 우아한 나비넥타이를 맨 콧수염쟁이는 그때까지 내게 특별히 애정 표현을 한 적이 전혀 없었다. 그러다가 이제 얼굴에 심각하고 침통한 표정을 띠고 여기에, 홀로 등장한다. 내게 뭘 원하는 걸까? 저다지도 동정을 자아낼 만큼, 저 정도로까지 죽음이 바로 코앞까지 닥친 건가—내게 그 사실을 숨겼던 거고? 그는 그러라고 허락도 안 했는데 침대 오른쪽에 놓인 의자에 앉더니, 그에게서 본 적이 없던 다정한 동작으로 내 손을 잡아다가 자기 손으로 꼭 쥔다. 손이 넓적하고 미지근하며 살짝 축축하다.

"그래, 좀 어때, V야?"

"어, 괜찮아요, 그러니까, 날마다 달라요……."

"그래, 네 어머니도 네가 몹시 아프다고 말하더라. 알지, 넌 용감한 애야. 여긴 아동 전문 병원이니 적절하게 널 치료해줄 거다. 최고들이니까!"

"와주셔서 고맙습니다." (사실은 그 사람이 대체 여기서 뭘 하겠다는 건지 전혀 짐작이 가지 않는다.)

"당연한 거지. 나도 안다. 내가 최근 몇 년 동안 네 어머니를 상당 시간 독차지했으니, 날 반드시 우호적으로 보지 않을 수도 있겠지. 그래서…… 어떻게 말하면 좋을까…… 그러니까, 그래, 네 아버지가 완전히 손을 뗀 상황이니, 내가 네 삶에 더 많이 개입하지 않았던 것에 대해 조금 죄책감이 든다. 널 위해 뭔가 역할을 하면 좋겠는데, 어떻게 다가가면 좋을지 모르겠구나."

난 살짝 놀라 미소를 짓고, 그의 말에 뭉클해진다. 그러더니 그는 드디어 내 손을 놓아주고, 황망한 시선으로 병실의 흰 벽을 휘둘러보고, 막힌 장광설을 이어갈 만한 대화거리를 찾다가 마침내 침대 맡 탁자에 놓인 책 표지에서 뜻밖의 도움을 발견한다.

"프루스트 좋아하니? 저런, 굉장한데, 내가 제일 좋아하는 작가라는 건 알고 있니?"

G가 내게 《잃어버린 시간을 찾아서》의 첫 권을 사줬다. 그 가여운 마르셀의 작품을 이해하려면 질병만 한 게 없지, 라는 설명을 곁들이며. 그는 고통의 병상에 누운 채 글

을 썼단다. 발작처럼 터져 나오는 기침 틈틈이…….

"그냥 읽기 시작했어요…… 맞아요, 아주 좋던데요. 물론, 공작부인들이라든가, 그런 건 내가 좋아할 만한 건 아니지만, 사랑의 열정에 대해 쓴 것, 그건 아주 마음에 와닿아요."

"그래, 바로 그거지! 사랑의 열정! 그거야! 안 그래도 말하려던 게 또 있었다. 네 어머니와는 이제 전과 같지 않단다. 우린 헤어질 거야."

"아, 그래요? 언제는 뭐 함께 있었나요. 처음 듣는 소식이네!"

"그래, 내가 무슨 말을 하고 싶어 하는지 알지……. 하지만 우리, 너랑 나는 계속 가까이 지내면 좋겠다. 가끔 식사도 함께하고."

그러더니 시계(회중시계)를 들여다보고는 유감이지만 가봐야겠다고 말하고 일어나 내 볼에 키스를 하려는 순간, 동작이 통제가 안 되는 듯 머리가 기울고 거칠거칠한 콧수염과 함께 그의 자홍빛 두툼한 입술이 내 입술을 누른다. 그가 양비귀꽃처럼 새빨개져서 후다닥 몸을 세우더니 어찌할 바를 모르고 유령에 쫓기듯 사라진다.

착오행위는 저지른 자가 아니라 그걸 지적하는 사람들에 대해서 많은 걸 알려주지, 라고 나의 새로운 정신분석가 친구는 말하리라.

이 동작이 의도한 게 아니었다는 걸 어떻게 알겠는가? 어머니 애인의 제안은 처음에는 정직해 보였지만, 잘못 미끄러진 듯 키스하는 바람에 그 스스로 진짜 동기에 대한 의심을 던져줬다.

그다음 날, 다시 한번 또 다른 즉흥적 방문이 느닷없이 나를 덮친다. 정말이지 이 병원에서는 조용히 있을 수가 없는 게, 사람들이 방앗간 드나들듯 한다. 3년 전부터 잊으려고 했던 얼굴이 병실 문간에 나타났다. 늘 빈정거리는 표정의, 내가 아예 관심을 두지 않을 수가 없는 얼굴. 밤에는 관절 통증 때문에 대부분의 시간 동안 잠을 이룰 수가 없었다. 기운이 쏙 빠지고 신경이 곤두선 상태다. 아버지는 대체 무슨 생각을 하는 걸까? 자신이 돌아와주기만 하면 요술 지팡이라도 휘두른 것처럼 내가 모든 것을 잊을 거라고? 새 여자 혹은 비서가 아버지는 몹시 바빠서, 여행 중이라서 등등의 이유를 대면서 통화할 수 없다고 되뇌는

데, 전화기를 붙잡고 그와 통화하려고 애쓰며 울며 보낸 시간을?

천만에, 정말이지 관계의 단절은 돌이킬 수 없고, 그에게 더는 할 말이 없다.

"여기서 뭐 해요? 갑자기 딸이 기억났나?"

"네 어머니가 네 걱정에 전화를 했다. 많이 아픈 모양인데, 이런 균이 어떻게 네게 들어갔는지 제대로 밝혀진 것 같지 않구나. 날 보면 네가 좋아하리라고 생각했다."

내 몸이 마비 상태만 아니어도 무력을 써서 그를 밖으로 내쳤으리라.

"아프든 말든 그게 무슨 상관인데요?"

"네가 즐거워하리라고 생각했어. 그게 다야. 어쨌든 네 아비니까."

"더는 아버지가 필요 없어, 알겠어요?"

말들이 내 의사와 상관없이 터져 나왔다.

그러고는 갑자기 그 기세에 휩쓸려서.

"누굴 만났어요."

"누굴 만났다니, 무슨 소리야? 연애한단 소리니?"

"바로 그거죠! 이제 뒤돌아 나가서 나 없는 아주 평온한 그 잘난 생활을 계속하면 된단 소리죠. 이제 날 보살펴주는 누군가가 있으니까!"

"아, 그러냐. 그런데 연애하기에 열네 살은 좀 너무 어린 것 같지 않니? 대체 그 작자가 누군데?"

"아, 저런, 들으면 기절할 텐데. 그 작자가 작가거든요. 친절하고, 믿기 힘들겠지만 날 사랑하는. 이름은 G. M. 뭐 생각나는 게 없어요?"

"뭐? 그 개새끼라고? 내가 그렇게 만만해?"

맞았다, 정통으로. 나는 가장 흡족한 미소를 보여준다. 그런데 반응이 그런 난리가 없다. 억제할 수 없는 분노에 사로잡혀, 철제 의자를 낚아채 번쩍 들어 벽을 향해 집어 던진다. 손등으로 보조 탁자 위의 의료 기구들 몇 개를 쓸어버리더니, 나를 어린 창녀, 거리의 여자 취급을 하며 욕설을 줄줄이 퍼붓고 고래고래 고함을 지르기 시작한다. 놀랍지도 않다고, 그런 엄마, 신뢰할 수 없고 역시 똑같이 창녀인 그런 엄마를 갖고 있으니 그러는 것도 놀랍지 않다고 몰아치더니, 그런 괴물, 그런 쓰레기인 G에 대해 품고 있는 역겨움을 몽땅 내뱉고는, 병원에서 나가자마자 그놈을 경찰에 고소할 거라고 맹세한다.

소란을 알아차린 간호사가 병실로 들어와 눈살 한번 찌푸리지 않고서, 조용히 하든가 아니면 당장 병실에서 나가 달라고 말한다.

아버지는 (캐시미어로 만든) 외투를 낚아채어 즉각 사라진다. 그의 고함 소리에 여전히 벽이 떨린다. 나는 겉보기로는 충격을 받아서, 실제로는 내가 불러일으킨 효과에 적이 만족해서 침대에 엎드린다.

그런 사랑 고백이 정신분석가들이 '구조 요청'이라고 부르는 것이 아니라면, 그게 무엇일지 나는 모른다. 아버지가 G를 상대로 고소를 제기하는 일은 결코 없을 테고, 앞으로 아버지에 관한 얘기를 들을 일 또한 없으리라는 건 말할 필요도 없다. 오히려 그런 사랑 고백이 아버지의 천성적인 태만에 완벽한 알리바이를 제공한다.

이 지겨운 병원에서 여러 주가 길게 늘어지며 흘러가는 동안 G는 거의 매일 날 보러 오지만, 그 누구도 그에 대해 언짢아하지 않는다. 병원에서는 다행히 관절염을 가라앉힐 약을 찾아내나, 퇴원 전 에피소드는 기록할 가치가 있다.

이렇게 최상의 아동 전문 병원에 입원한 김에 아예 산

부인과 진료도 받아보라는 권유를 받았다. 배려가 가득한 의사가 성생활에 대해 질문하자 갑작스레 신뢰감에 휩쓸려(늘 그렇듯이 근사한 묵직한 목소리와 진지한 관심의 표명이 내게 매력을 발휘하면 나타나곤 하는 그 감상벽) 얼마 전부터 피임약을 먹고 있다고—아주 괜찮은 남자아이를 만났기에—, 하지만 온전히 나를 그에게 내주고 싶어도 처녀막이 파열될 때 느낄 고통 때문에 겁에 질려 그렇게 되지가 않아 마음이 아프다고 털어놓고 만다. (실제로 나의 망설임을 떨쳐내려고 G가 온갖 시도를 다 해봤지만 아무 소용이 없었다. 그렇다고 그 일로 그가 많이 난처한 것 같지는 않다. 내 엉덩이만으로도 그는 충분히 만족스럽다.) 의사가 살짝 놀란 듯 한쪽 눈썹을 치켜올리더니, 사실 내가 나이에 비해 매우 조숙한 젊은 여성으로 보인다고, 그리고 얼마든지 도와줄 용의가 있다고 말한다. 나를 진찰한 뒤 쾌활한 목소리로 진짜 내가 '동정녀 마리아의 현신'이라며, 이렇게 완전무결한 처녀막은 본 적이 없다고 말한다. 넘치는 호의를 내보이며, 내친김에 국소 마취를 하고 살짝 절개를 해주겠노라고, 그러면 마침내 성의 즐거움을 누릴 수 있게 될 거라고 제안한다.

병원의 서로 다른 진료 과목 사이에서 정보가 원활히 돌지 않는 게 분명하다. 나는 그 의사가 자신이 지금 무슨 일을 하는지에 대해 아무 생각이 없다고, 매일 내 침대 머리맡으로 찾아와서 내 몸의 모든 구멍들을 아무런 구속 없이 자유롭게 즐기는 남자를 돕는 행위라는 생각은 추호도 못 한다고 믿으련다.

이런 경우, 의학적 강간 혹은 야만적 행위라고 말할 수 있을지 모르겠다. 어쨌든 의사가 스테인리스 메스를—노련하고 고통 없이—휘두른 덕분에, 마침내 여자가 된다.

3부

사로잡히기

"날 사로잡는 것, 그것은 특정 성이라기보다는 극도의 젊음,
열 살부터 열여섯 살 사이에 걸쳐 있고 내게는 진정한 제3의 성
—일반적으로 이 표현이 의미하는 것을 훨씬 넘어서는 의미로—
으로 여겨지는 젊음이다."

G. M.,《열여섯 살 미만》

누군가에게서 그 자신을 앗아 가는 방식은 수없이 존재한다. 어떤 방식들은 처음에는 순진무구해 보인다.

G는 어느 날 내 작문 숙제를 도와주려고 든다. 내 성적은 대체로 국어 과목의 경우 아주 상위권이라서 그와 함께 학교 숙제를 놓고 이야기를 나눌 필요성을 느끼지 못한다. 하지만 그날 오후에는, 당나귀처럼 고집을 피우며 유쾌한 기분으로, 내 동의도 없이 교과서를 가져다가 내일 배울 페이지를 벌써 열었다.

"가만, 작문, 벌써 했니? 알지, 도와줄 수 있어. 그건 나중에 해. 흠, 흠, 어디 보자. '창의 주제: 당신의 업적을 기술하시오.'"

"걱정 마요. 벌써 생각해뒀어. 조금 있다가 할 거야."

"왜? 내가 조금 도와주는 게 싫어? 훨씬 빨리 끝날 텐데. 네가 빨리 끝낼수록 빨리……."

그의 손이 셔츠 밑으로 쓱 들어와 내 왼쪽 가슴을 살살 쓰다듬는다.

"그만해요. 정말 그 생각밖에 안 해!"

"내가 네 나이 때 진정한 업적을 이뤘다는 사실을 생각해봐! 내가 승마 대회에서 우승했다는 건 아니? 완벽해! 자, 어느 날……."

"관심 없네요! 이건 내 작문이라고요!"

G는 얼굴을 찌푸리더니 침대 구석에 놓인 베개를 뺐다.

"좋아, 너 좋을 대로. 그럼 난 책을 좀 읽어야지. 내 청소년기에 전혀 흥미가 없다니……."

미안한 마음에 그에게로 몸을 숙이고 사과 대신 키스한다.

"물론 당신 인생에 관심 있어요. 당신의 모든 것에 관심있어. 잘 알면서……."

G는 대번에 벌떡 몸을 일으켰다.

"그렇지, 내가 얘기해줄까? 동시에 글로 적으면서?"

"정말 성가시게 구네! 어린애 같아! 어쨌든 선생님이 이거, 이 작문을 한 사람이 내가 아니라는 걸 금방 알아차릴 거예요."

"아니야, 전부 다 여성형으로 쓸 거고, 네가 쓰는 말들을 구사할 테니 감쪽같을걸."

그리하여, 가느다란 붉은색 선이 지나가는 파란색 모눈 2겹 종이 위로 몸을 수그리고 G가 불러주는 대로, 늘 그렇듯이 섬세하게 정성 들인 꼼꼼한 글씨체로 받아 적기 시작한다. 어떤 여자아이가 극도로 위험한 코스에서 장애물을 쓰러뜨리지도 심지어 건드리지도 않고, 경주마에 도도하게 앉은 채 단 몇 분 동안에 열 개의 장애물을 뛰어넘는 데 성공하여, 그 능란함과 동작의 우아함과 정확함 앞에서 전율을 느낀 수많은 관중의 박수갈채를 받는다는 이야기이다. 내가 알지 못했던 말들이 나오면 그때그때 의미를 물어본 덕분에 이번 기회에 관련 전문용어들을 전부 다 알게 되나, 내 짧은 인생에서 말에 올라탄 적이라고는 단 한 번뿐이다. 그마저도 습진으로 뒤덮인 채 기침을 해대고, 진홍빛이 된 얼굴을 두 배로 부어오르게 한 부종 때문에 울어대면서, 즉시 병원 신세를 졌더랬다.

그다음 날, 부끄러움을 느끼며 국어 교사에게 작문을 제출한다. 그다음 주 과제물을 돌려주면서 국어 교사가 찬사를 늘어놓는다(속은 건지 속아준 건지, 난 결코 알 길이 없으리라). "이번 주에는 평소보다도 훨씬 잘했어요, V! 20점 만점에 19점. 뭐, 지적할 게 하나도 없네, 반에서 최고 점수야. 자, 다른 학생들은 잘 들으세요. 여러분 급우의 과제를 돌릴 테니 주의 깊게 읽어보세요. 그리고 배울 점을 끄집어내도록! 친구들이 이번 기회에 V가 얼마나 걸출한 기수인지 알게 될 테니, 이 일로 V가 거북해하는 일은 없겠죠!"

자아 상실은 그 무엇보다도 이렇게 시작됐다.

그 뒤로 G가 내 일기에 관심을 보이며 글을 써보라고 격려해주고, 나의 길을 찾아보라고 부추기는 일은 결코 일어나지 않으리라.

작가는 그 자신이다.

내 친구들로 범위를 아주 좁혀보면, G에 대해 보여주는 반응들이 당황스럽다. 남자아이들은 그에 대해서 본능적인 거부감을 느끼고, 이는 그 아이들과 알고 지내고 싶은 생각이 조금도 없는 G에게는 아주 잘된 일이다. 남자아이들 중에서 그가 좋아하는 부류는 아직 수염도 돋지 않은 애송이들, 최대가 열두 살인데, 나는 이 사실을 곧 발견하게 되리라. 그 나이를 넘어서면 그들은 더는 쾌락의 대상이 아니고 경쟁자들이다.

반대로, 여자아이들은 오직 그를 만날 꿈만 꾼다. 그들 중 하나는 어느 날, 자신이 막 탈고한 중편 하나를 그에게 읽어보라고 해도 되냐고 내게 묻는다. '전문가'의 시선, 그건 값을 매길 수 없을 만큼 귀하다. 요즘 내 또래 여자아이들은 그들 부모가 생각하는 것보다 훨씬 더 영악하다. 이런 사실에 G는 그저 즐거울 뿐.

평소처럼 학교에 지각한 어느 날, 합창 수업이 이미 시작된 터라 모두 일어서서 한목소리로 노래하고 있다. 두 번 접힌 작은 종잇조각이 필통 앞쪽 악보대 위로 떨어진다. 내가 그걸 펼쳐 읽는다. "네 남친, 몰래 바람피워." 두 명이 재미있어 죽겠다는 얼굴로, 머리 위로 손가락 두 개를 곧추세워 뿔을 만든 뒤 뿔을 흔드는 시늉을 한다. 수업이 끝나고 학생들이 출구로 쏟아져 나가는 틈을 타 달아나려고 하는데, 장난을 쳐오던 두 아이 중 하나가 내 곁에 다붙어 서서 귀에 대고 속삭인다. "버스에서 네 늙은 남친을 봤는데, 다른 여자애에게 키스하더라." 몸이 떨려오지만 아무런 내색도 하지 않으려고 애쓴다. 그 사내애가 끝으로 내 얼굴에 이런 말을 던진다. "아버지 말씀이 그런 놈은 더러운 소아성애자래." 이 말, 이미 들어본 말이지만 그런 말에 신경도 쓰지 않았더랬다. 그런데 처음으로 그 말이 나를 꿰뚫는다. 우선 그 말이 내가 사랑하는 남자를 지칭하며 그 남자를 범죄자로 만들기에. 그리고 그 남자아이의 어조와 거기서 풍기는 경멸에서, 그 아이가 제멋대로 나를 희생자 편이 아니라 공범자 편에 세웠음을 알아차렸기에.

G에게 주변 사람 몇몇이 그를 '섹스꾼'으로 취급한다고 얘기해주자 그가 분개한다. 나는 그런 표현에 불안해진다. 내게 그의 사랑은 그 어떤 의혹도 미치지 못할 곳에 위치한 진실한 성격의 것이다. 차츰차츰, 나는 그의 작품 가운데 몇 권을 골라내어 읽어보기 시작했다. 그가 내게 권했던 책들, 그러니까 가장 얌전한 것들을. 막 출간된 그 철학적 사전 혹은 소설 몇 권. 소설을 전부 다 읽은 건 아닌데, 그가 가장 위험한 것들은 권하지 않아서였다. 최고의 정치인들에게서나 볼 법한 설득력을 발휘해 가슴에 손을 얹고, 자신은 이제 내 덕분에 다른 사람이 되었기에 그런 글들

은 지금의 자기와 더는 부합하지 않는다고 맹세한다. 그러고는 무엇보다도 그 글의 몇몇 대목이 내게 충격을 줄까 봐 걱정한다. 그럴 때 그는 으레 그 무구한 어린양 같은 표정을 띤다.

나는 오랫동안 금지를 따른다. 하지만 금서에 드는 책 두 권이 침대 옆 서가에서 굴러다닌다. 눈길이 가닿을 때마다 그런 책의 제목들이 날 비웃듯 내려다본다. 하지만 푸른 수염의 아내처럼 약속을 지키겠노라고 다짐했다. 푸른 수염의 아내에게는 자매라도 있었지만, 내게는 금기를 어기겠다는 생각이 우연이라도 뇌리를 스칠 때 나를 난관에서 빼내어줄 자매 비슷한 것도 없어서가 아니었을까.

그에 대한 최악의 비난이 내 귀에까지 들려올 때, 한없이 순진한 나는 G의 실상이 그 자신이 만들어낸 허구에 의해 왜곡된다고 생각한다. 그가 쓴 책들은 그 스스로에 대한 찡그린 과장이며, 소설의 주인공에 대해서는 특징을 과장하기 마련이듯 그 역시 도발적으로, 글 속에서 스스로를 타락하고 추악한 모습으로 그린다고 생각한다. 그의 작품은《도리언 그레이의 초상》의 현대판이며 그의 결점들의 총집적소인 만큼, 그런 작품 덕분에 그는 다시 근원으

로 돌아가 무구하고 매끈하고 순수하게 되태어나리라. 그
가 어떻게 나쁜 사람일 수 있겠는가? 그 사람 덕분에 이제
나는 식당에서 아빠를 기다리는 외로운 어린 소녀가 아니
다. 그 사람 덕분에, 마침내 존재한다.

닥치는 대로 마셔버리게 하는 갈증, 약물 중독자의 갈증
과 같은 결핍, 애정 결핍. 중독자는 손에 넣은 약물의 품질
이야 어떻든지 간에 개의치 않고, 치사량을 스스로에게 찔
러 넣으며 효과가 좋으리라고 확신한다. 안도, 감사, 그리
고 황홀경을 느끼며.

교류 초기부터 우리는 서신을 주고받았고 나는,《위험
한 관계》의 시대 같네, 천진난만하게 생각했다. G는 곧바
로 이런 소통 방식을 사용하게 유도했다. 아마도 우선은
자신이 작가여서일 테고, 물론 또한, 무례한 귀와 눈으로
부터 우리의 사랑을 보호하기 위한 안전 조치일 거다. 그
런 방식이 불편하지 않았는데, 말보다는 글이 더 편했다.
반 친구들을 대할 때 신중하며, 앞에 나서서 말하거나 발
표하는 게 힘들 뿐만 아니라, 타인의 시선에 내 몸을 드러
내는 활동이라면 그게 연극이든 예술이든 전부 다 형편없
는 내게 그건 자연스러운 표현 수단이다. 인터넷도 휴대

전화도 아직은 존재하지 않는다. 전화로 말하자면, 시적인 구석이라고는 조금도 없는 천박한 물건이어서 G에게는 경멸만을 불러일으킨다. 그가 다른 곳에 가야 하거나 며칠 동안 서로 볼 수 없는 상황이면, 어김없이 보내오는 불타는 사랑 고백들을 리본으로 정성스럽게 묶어 낡은 마분지 상자 안에 차곡차곡 모아둔다. 그 역시 마찬가지로 내가 보낸 편지들을 소중하게 간직하고 있음을 안다. 하지만 그의 책 가운데 몇 권을(가장 노골적인 것들에는 아직도 손을 안 대고 있다) 푹 빠져서 읽다가, 내가 이러한 서신을 통한 사랑 고백의 독점권을 갖고 있기는커녕, 그것과는 거리가 멀다는 것을 깨닫는다.

그의 책 중 특히 두 권은 줄줄이 등장하는 여자아이들과의 파란만장한 연애 이야기를 담고 있는데, G가 그런 여자아이들이 건네는 은근한 수작질을 거부하지 못한 듯하다. 그런 애인들은 하나같이 까탈스러워서 얼마 못 가 그는 그런 상황에서 어떻게 빠져나와야 할지 더는 알 수 없게 되어, 곡예하듯 아슬아슬 거짓말에 거짓말을 쌓아가며 한 날에 연달아 둘, 셋, 가끔은 넷을 만나 사랑을 나눈다.

G는 책에 자신이 정복한 여자아이들의 편지를 서슴없

이 그대로 게재하는데, 희한하게도 그런 편지들이 하나같이 꼭 닮았다. 문체나 열정적 찬미, 어휘에서마저도 닮은 그 편지들은 모여서 하나의 동일한 자료체를 이룬 듯하고, 여러 해에 걸쳐 있는 그 자료체에서는 서로 다른 여자아이들이 모두 모여 만들어낸 어떤 이상적인 젊은 여성의 목소리가 아련히 들려온다. 편지 하나하나가 엘로이즈와 아벨라르의 사랑처럼 천상의 사랑이자, 동시에 발몽과 투르벨의 사랑처럼 관능적인 사랑의 증거이다. 이전 세기에서 튀어나온 애인들이 쓴, 순진하고 구닥다리 냄새가 풍기는 산문을 읽는 느낌이다. 거기에 쓰인 말들은 우리 나이 또래의 여자아이들이 사용하는 말이 아니고, 서간체 연애 문학 특유의 보편적이며 시간을 초월한 어휘들이다. G는 침묵 속에서 그 말들을 우리에게 흘리고, 우리의 언어 속으로 그 말들을 불어넣는다. 우리에게서 우리 자신의 말들을 빼앗는다.

나의 편지들도 다르지 않다. '문학적 감성'을 조금이라도 타고난 여자아이들은 열네 살과 열여덟 살 사이에 동일한 방식으로 글을 쓰기라도 하는 걸까? 아니면 G의 책들을 몇 권 읽고 나서 나 역시 그러한 연서의 단일한 문체에 영향을 받았던 걸까? 일종의 무언의 '요구사양서'가 있어서 내가 본능적으로 그것에 맞췄을 거라는 쪽으로 생각이 기운다.

이제 멀찌감치 떨어져 바라보니 그건 속임수임을 알겠다. G는 책을 한 권, 또 한 권 써나가면서 변함없는 페티시즘를 발휘해 꽃다운 나이의 소녀 문학을 재생산함으로써 자신의 유혹자 이미지를 다진다. 그런 편지들은 또한 그가 사람들이 묘사하는 그런 괴물이 아니라고 아주 유해한 방식으로 보장해준다. 그런 사랑의 고백들은 전부 다 그가 사랑받고 있고, 게다가 그 또한 사랑할 줄 안다는 명백한 증거들이다. 그건 어린 애인들뿐만 아니라 독자들도 속이는 위선적인 방식이다. 처음 만나자마자 그가 격정적으로 써서 보낸 그 10여 통의 편지들의 용도를 마침내 꿰뚫어 본다. G에게서는, 젊은 애들과 사랑에 빠진 애인과 작가가 겹치기 때문에 그가 누리는 권위나 심리적 영향력만으로도, 한 철 애인인 그 앳된 소녀는 자신은 행복으로 충만하다고 단호히 편지에 적게 된다. 편지는 흔적을 남기고, 사람들은 그에 답해야 할 의무가 있고, 그 편지가 불타오르는 서정성을 보여주면 그에 걸맞은 모습을 보여야 한다. 이 무언의 명령에 따라, 여자아이는 G가 자신에게 온갖 쾌락을 안겨주고 있다고 G를 안심시켜주는 동시에, 그럼으로써 경찰의 검문이 있더라도 동의하에 이루어진 일임에 대한 어떠한 의심도 사지 않게 하는 임무를 떠맡는다. 물론, 그는 아주 가볍게 애무할 때마저도 대가의 경지에 오른 예술가이다. 그로 인해 오르가슴에 휩쓸려 우리가 도달했던 비할 바 없는 절정들이 그 증거가 아니겠는가!

비교 기준이라고는 조금도 없이 순결한 상태로 G의 침대에 올라간 어린 여자아이들에게서 그런 고백이 나온다는 건 사실 얄궂기는 하다.

그의 일기를 읽고 홀라당 넘어갔을 열혈 독자들에게는 안된 일이지만.

금전적인 이유로 불가피하게, G는 1년에 책 한 권씩을 메트로놈처럼 정확하게 출간한다. 몇 주 전부터 그는 우리에 관해, 우리의 이야기, 그가 '그의 구원'이라고 부르는 것을 소재로 집필을 시작했다. 우리의 만남에서부터 영감을 길어 올린 소설로, 그의 말에 따르면 '태양 같은' 사랑, 탕진하듯 살아오다 열네 살짜리 어린 여자아이의 아름다운 두 눈을 위해 삶의 '쇄신'을 이룬 것에 대한 위대한 증언일 거란다. 얼마나 낭만적인 주제인가! 과도한 성욕에서 벗어나 더는 성충동에 지배당하지 않으리라고 결심하며, 이제 자신은 다른 남자이고, 큐피드의 화살과 자비가 동시에 자신에게 내렸다고 맹세하는 돈 후안이라니.

행복감과 열기기 뒤얽힌 집중한 표정으로, 검은색 몰스킨 노트에 적어둔 메모들을 타자기를 이용해 정리한다. 그가, 헤밍웨이가 쓰던 것과 같은 노트란다, 가르쳐준다. 그가 자신의 내면과 문학에 관해 쓴 여러 권에 달하는 일기를 읽는 건 늘 엄격하게 금지된다. 그런데 G가 이 소설 집필에 들어간 뒤로, 실재하는 쪽이 바뀌고 말았다. 뮤즈였던 내가 서서히 허구의 인물로 변해간다.

G가 어두운 낯빛과 심각한 표정을 띠니 그답지 않다. 우리는 뤽상부르 공원 앞에 있는 늘 가던 카페에서 만났다. 무슨 걱정이 있냐고 물으니 잠시 주저하다가 사실을 털어놓는다. 아동청소년 수사팀에서 그와 관련한 익명의 고발장이 접수됐다며 아침에 소환장을 보내왔단다. 그러니까 서간문에 매력을 느끼는 사람이 우리만인 건 아니다.

G는 내 편지들 전부와 나의 사진들을 (그리고 어쩌면 마찬가지로 위험한 다른 물건들도) 공증인 혹은 변호사 사무실에 비치된 금고에 숨기느라 오후 시간을 다 바친다. 소환일이 다음 주로 잡힌다. 그건 우리, 당연히 나와 관련

된 것이다. 법적으로 성적 자기 결정권은 15세부터 갖는다. 내가 열다섯이 되려면 아직 한참 남았다. 상황이 심각하다. 온갖 경우의 수에 대비해야 한다. 더는 이런 일에 관대하지 않은 시절이 된 건가?

다음 주 목요일, 어머니가 아랫배가 똘똘 뭉친 채 면담 소식을 기다린다. 어머니는 자신의 책임이 도마에 오를 걸 안다. 딸과 G 사이의 관계를 덮기로 했기 때문에 어머니 역시 처벌받을지도 모른다. 심지어 양육권을 상실할 수도 있고, 그러면 나는 성년이 될 때까지 위탁가정에 맡겨질 수도 있다.

전화벨이 울리자 어머니는 신경이 바싹 곤두서서 전화기에 달려든다. 몇 초 뒤 얼굴의 긴장이 풀린다. "G가 오겠대. 10여 분 뒤면 도착할 거란다. 목소리가 밝은 걸 보니, 잘됐나 봐." 어머니가 한달음에 말한다.

케 제브르에 위치한 경시청에서 나온 G의 얼굴에는 재미있다는 표정과 수사관과 그녀의 동료들을 감언이설로 구워삶았다는 만족감이 어렸다. "기가 막히게 잘 굴러갔어." 그가 도착하자마자 허풍을 떤다. "수사관들이 그저 행정적 요식행위라고 안심을 시키더군. 그 수사관이 이러더라고. 아시겠지만, 선생님, 유명 인사에 관한 고발 편지는 하루에도 100여 통씩 받는답니다." 늘 그러듯이, G는 자신의 저항할 길 없는 매력이 이번에도 먹혔다고 생각한다. 개연성이 없지는 않다.

수사관들은 자신들이 받은 고발 편지를 그에게 보여줬다. '어머니의 동성 친구 중 한 명인 W'라고 서명이 되어 있는 그 편지에는 우리의 가장 최근 행적 중 일부에 대한 상세한 묘사가 담겨 있다. 우리가 상영관에 가서 본 영화라든가, 모일 모시에 그의 집에 도착했고 그로부터 두 시간 뒤 어머니의 집으로 귀가한 사실 등. 우리의 파렴치한 행적에 관한 이야기 사이사이 "정말이지, 생각해보세요, 그건 수치스러운 일입니다. 그 사람은 자신이 법 위에 있다고 믿고 있습니다"와 같은 문체로 쓴 의견이 박혀 있다. 익명 편지의 전형이자 그 장르의 표본이어서, 거의 패러디라고나 할까. 나는 얼어붙는다. 야릇한 점 하나는 이 편지에서 나를 한 살 더 어리게 만들어놓고 있는데, 아마도 사안의 심각성을 강조하기 위해서지 싶다. 편지에서는 '열세 살짜리 어린 V'에 관해 말하고 있다. 그런데 대체 누가 우리를 엿보는 데 그렇게나 시간을 쓸 수 있을까? 그리고 발신인의 정체를 더 편히 알아맞히게 하려고 거기 놔둔 방증 같은, 그 야릇한 서명. 그게 아니라면 왜 그런 머리글자를 써놨겠는가?

어머니와 G는 이제 무분별한 억측에 빠져든다. 우리는 친구 한 명 한 명을 잠재적 밀고자로 간주한다. 그건 3층에 사는 이웃, 내가 어렸을 때 가끔 국립극장에 데리고 가던 문학 교사인 나이 지긋한 부인일지도 모른다. 거리 모퉁이에서 한창 키스를 나누고 있는 우리 모습을 우연히 봤던 걸까? 아마도 그녀는 G가 누군지 알고 있을 거다(어쨌든 그녀는 문학 교사니까). 그리고 또 나치 독일의 점령기를 겪었으니, 사람들이 파렴치하게도 그런 종류의 서신을 써댔던 시기를 겪은 셈이다. 하지만 그 'W', 그녀에게는 좀 너무 현대적인 'W'가 우리에게 혼란을 안겨준다. 라 트레유 부인이 알고 있는 문학의 준거 작품들은 19세기 말에서 그칠 텐데, 그렇다면 보나 마나 조르주 페렉의 《W 혹은 유년기의 추억》은 그녀가 구축한 문학의 만신전에는 들어 있지 않을 거다.

그렇다면, 유명한 문학비평가 장디디에 볼프롬이 아닐

까? 자신의 이름을 걸고 글을 쓸 수 없는 사람들, 아니 글 쓰는 것이 직업임에도 이제 더는 글이 써지지 않는 사람들이 그러듯이, 그는 어쩌면 모작 애호가가 아닐까? 그 작자가 틀림없어, G가 말한다. 우선, 머리글자가 일치해. 그리고 네 어머니와 가깝잖아, 또 너를 자기 날개 아래 보호했잖니.

사실, 장디디에는 나를 가끔 점심 식사에 초대하고 글을 써보라고 격려한다. 그 이유야 난들 알겠는가. V, 넌 글을 써야 해, 그는 종종 말한다. 그리고 글을 쓴다는 건, 그건 멍청한 말처럼 들릴 수도 있겠지만, 의자에 앉는 것부터가 시작이란다. 그러고 난 다음…… 쓰는 거지. 매일매일. 예외를 두지 말고.

그의 집에 가보면, 방마다 책 무게로 무너질 것 같다. 그 집에서 나올 때면 늘, 출판사의 홍보 담당들이 그에게 보내온 증정본들을 잔뜩 옆구리에 끼고 있다. 그가 직접 소규모 총서를 만들어서 준다. 조언도 한다. 그는 가차 없이 혹평을 날리는 걸로 유명하지만, 나는 그를 무척 좋아한다. 그가 종종 다른 사람들을 먹잇감으로 삼아 엄청난 익살을 선보인다 해도, 그런 짓을 할 사람이라고는 생각되지 않는다. G를 공격하는 것, 그건 나를 공격하는 거다.

오래전부터, 아마도 아버지가 길가에 나를 내버렸기 때문이겠지만, 장디디에는 애정을 갖고 나의 성장 과정을 지켜보고 있다. 그리고 나는 그의 외로움을 알고 있다. 끔찍한 피부병을 앓아서 매일 과망간산염수에 몸을 담가야 하는 바람에, 보랏빛 얼룩이 튄 그 욕조를 그의 아파트에 갔다가 본 적이 있다. 얼굴과 손이 늘 벌겋게 성이 나 있고, 허옇게 짝짝 갈라져 있다. 너무나 능란하게 펜을 쥐는 그 특별한 손은 나를 매혹하지만, 그 손은 소아마비로 뒤틀려 있다. 희한하게도 그의 겉모습이 혐오감을 준 적이 결코 없고, 나는 늘 갓 구워낸 말랑거리는 빵인 양 그를 덥석 끌어안는다. 고통과 겉보기의 심술궂음 이면에 다감하고 상냥한 존재가 숨어 있음을 안다.

"그 개자식이야, 확신해." G가 소리친다. "흉측한 놈이라 예전부터 늘 날 질투했으니까. 놈은 사람이 잘생긴 동시에 재능을 타고날 수 있다는 걸 견디지 못해. 난 그 자식이 늘 역겹다고 생각했어. 그리고 확신하는데, 놈은 너랑 자볼 생각밖에 없다고."

"그런데 그 W, 그거 좀 너무 티 내는 거 아닌가요? 이 경우엔 대놓고 본인 이름으로 서명한 거나 마찬가지잖아!"

G를 감옥에 처넣는 것이 목표라면 그런 꾀를 낼 만큼 충분히 교활할 수도 있다고 속으로는 생각했지만, 그 가여운 장디디에를 변호하려고 애쓴다.

"드니일지도 모르지." G가 말을 꺼낸다.

드니는 편집인이고, 역시 어머니의 친구다. 다른 초대객들과 함께 우리 집에서 저녁을 들던 어느 저녁, G가 갑자기 들이닥치자 드니가 벌떡 일어나서 맹렬하게 그를 비난했다. 어머니는 드니에게 우리 집에서 나가달라고 부탁해야만 했고, 드니는 순순히 나가줬다. G와 나 사이를 막아서려고 했던, 공개적으로 자신의 분노를 표명한 드문, 아마도 유일한 사람이리라. 그렇다고 그가 밀고자라고? 그건 정말이지 그 사람의 방식이 아닌데…… 그렇게 정면에서 들이받고 나서 왜 그다지도 비열한 수단을 사용하겠는가?

"혹시, 나를 가르쳤던 선생님이 아닐까? 그분은 여전히 이 동네에 살고 있고 우린 아주 가깝게 지냈으니까. 당신 얘기를 한 적은 없지만 길에서 우연히 마주쳤을 수도 있고, 우리가 손을 잡고 있는 모습을 봤을 수도 있으니까.

그런 식의 공격을 할 만한 사람이긴 해⋯⋯. 아니면 또 다른 편집인 마르시알은? 그 사람 사무실이 우리 집이랑 같은 건물 마당 쪽 1층에 있잖아요. 아마 백번도 넘게 우리가 오가는 걸 지켜봤을 가능성이 있지 않을까? 하지만 우린 그 사람 거의 모르는데. 그가, 편지에서 주장한 어머니의 동성 친구라고?"

학교 친구들? 그렇게 복잡한 방식을 쓰기에는 너무 어린데. 그들이 쓰는 문체도 아니고⋯⋯.

아버지일 수도 있지 않을까? 병원에서 그 난리를 치고 나간 뒤로 전혀 소식이 들리지 않는다. 몇 년 전엔가 사설 탐정 사무소를 세울 생각을 한 적이 있다고 들었다. 딸을 미행하게 시키면서 계획을 실행에 옮긴 걸까? 그런 여지를 고려하지 않을 수 없다. 사실, 그런 식의 예상이 내게 일종의 기쁨을 안겨준다는 사실은 G에게, 그리고 나 자신에게도 숨긴다. 딸을 보호하기, 결국 그게 아버지의 역할이 아닐까? 만약 그렇다면 그건 내가 아직도 그에게 중요한 존재라는 뜻일 텐데⋯⋯. 하지만 왜 직접 아동청소년 수사팀을 찾아가기보다 익명의 편지라는 우회적인 방식을 사용하겠는가? 말도 안 돼. 그래, 아버지일 리가 없다.

아니, 누가 알까, 워낙 예측할 수 없는 사람이니…….

　두 시간 동안 우리는 아는 사람들 전부를 차례로 돌아가며 검토했고, 개연성이 너무나도 희박한 예측들을 남발했다. 이 첫 번째 작전 회의가 끝날 때쯤엔 내 주위 사람 전부가 용의자가 되어 있었다. G의 적들 가운데에서는 그 누구도 고발장의 작성자로 의심받지 않았다. 나에 관해 자세한 내용이 너무 많으니까. "당신과 가까운 사람들 중 하나일 수밖에 없어." G가 차가운 눈길로 어머니를 응시하면서 단정했다.

　G는 네 차례 더 아동청소년 수사팀의 소환을 받게 되리라. 경찰은 그런 종류의 편지를 연달아 받게 될 테니까. 여러 달에 걸쳐 이어지면서, 교활함과 사생활 침범이 점점 더 심해져가는 편지들. G는 그 편지들 대부분을 열람하게 되리라.

　어머니의 친구들 사이에서 우리의 관계는 공공연한 비밀이지만, 비밀을 알고 있는 그 범주를 벗어나면 극도의 신중함이 요구된다. 아주 조심스럽게 처신해야 한다. 이제 나는 쫓기는 짐승이 된 느낌이다. 누군가 늘 엿보고 있다는 느낌에 피해망상증이 생긴 것 같고, 거기에 상시적 죄책감이 더해진다. 거리에서는 벽에 붙어 걷고, G의 집으로 가려면 점점 더 기교를 부려서 돌고 도는 우회로를 택한다. 우리는 이제 절대 같은 시간에 들어가지 않는다. 그가 먼저 도착하면 반 시간 뒤 내가 합류한다. 우리는 이제 손을 잡고 걷지 않는다. 이제 함께 뤽상부르 공원을 거닐지 않는다.

경시청으로부터, 경찰의 표현대로라면 늘 순전히 형식적일 뿐인 세 번째 소환장을 받고 나서, G는 정말로 신경질적으로 변하기 시작한다.

침대 시트에 파묻혀서 그의 집에서 막 오후를 보내고 난 뒤, 우리는 계단을 구르듯 내려간다. 내가 늦어서다. 그러다가 계단을 올라오는 젊은 남녀와 부딪힐 뻔한다. 나는 예의 바르게 그들에게 인사를 건네면서도 계속해서 계단을 내려간다. 그들이 G가 있는 곳까지 올라가서 그에게 건네는 말이 들려온다. M 선생님? 아동청소년 수사팀입니다. 경찰들조차 텔레비전에서 방영하는 문학 프로그램을 보는 모양이라고 생각해야 할 판이다. 그 두 사람은 G를 만난 적이 없는데도 즉각 G의 얼굴을 알아본 거니까. 네, 바로 접니다, 그가 느긋하고 감미로운 목소리로 대답한다. 도와드릴 일이라도? 나는 사시나무 떨듯 떨고 있는데, 그의 침착함은 경악할 정도다. 뛰어 달아나야 하나? 계단 귀퉁이에 숨어야 하나? 그를 변호하기 위해 고래고래 나의 사랑을 그들에게 소리쳐줘야 하나? 교란작전을 펴서 그가 달아나게 해줘야 하나? 하지만 그런 일들 중 그 어떤 것도 결코 필요하지 않으리라는 걸 재빨리 깨닫는다. 대화가 상냥한 어투로 진행되고 있다. "이야기를 좀 나눴으면 합니다, M 선생님. 당연히 그래야죠. 단지, 사인회가 있어서 책방에 가야 하니까, 다른 날 오시겠어요? 그럼 그래야죠, M 선생님."

G는 눈짓으로 나를 가리키면서 "우선 이 젊은 대학생에게 작별 인사를 하게 해주시겠어요? 제 작업에 관해 물을 게 있다고 왔답니다"라고 말한다. 그러더니 나와 악수를 하고는 내게 한참 눈짓을 보낸다. 그저 일상적인 방문입니다, 여성 수사관이 말한다. 아, 절 체포하러 온 게 아니라는 말씀이죠, 제가 제대로 이해한 거라면(웃음). 물론 아니

죠, M 선생님. 괜찮으시다면, 내일 다시 들르겠습니다.

G가 압수수색을 걱정할 필요는 없다. 이제 그의 원룸에는 그의 삶 속에 들어 있는 나의 흔적이 손톱만큼도 보이지 않는다. 하지만 내가 제대로 이해한 거라면, 우리는 방금 아슬아슬하게 현행범이 되는 걸 피해 갔다.

대체 왜 그 수사관 두 명 중 어느 누구도 청소년인 내게 주의를 하지 않는 걸까? 편지에는 '열세 살짜리 어린 V'라고 적혀 있다. 물론 나는 열네 살이고, 어쩌면 더 나이 들어 보일지도 모르겠다.

어쨌든 그다지도 의심을 갖지 않는다는 데에서 말문이 막힌다.

이제 G는 아동청소년 수사팀의 불시 방문을(그가 '박해'라고 부르는) 피하려고 호텔 방을 하나 1년 기한으로 빌린다. 그가 이 검소한 호텔을 고른 이유는 호텔의 위치가 이상적이어서다. 내가 다니는 중학교로 통하는 길과 마주하고 있으며 또한 그가 단골인 음식점과 등을 대고 있다. 그의 작품을 무조건적으로 좋아하는 어느 너그러운 후원자가 호사스러운 식사의 비용을 대준다. 그런 도움이 없다면, 등 뒤에 이렇게 짭새를 달고서 어찌 글을 쓰겠는가? 예술이 최우선!

뤽상부르 근처의 손바닥만 한 원룸에서와 마찬가지로

들어가서 가장 먼저 눈에 띄는 것, 그건 거대한 침대, 방 한가운데 군림하고 있는 침대. G는 앉거나 서 있는 것보다 누워서 더 많은 시간을 보내기 때문에 나의 생활이나 그의 생활이나 항상 이 침대를 구심점으로 이루어지리라. 나는 점점 더 자주 이 호텔 방에서 잠을 자고, 어머니가 강하게 요구하지 않는 한 어머니 집에 더는 발을 들여놓지 않는다.

어느 날 병원에서 G에게 악성 종양이 생겨서 시력이 저하되고 있음을 알린다. 가장 먼저 HIV가 의심된다. 기나긴 고뇌의 한 주 동안 우리는 검사 결과를 기다린다. 나는 두렵기보다는 이미 스스로를 비극의 여주인공으로 바라본다. 사랑 때문에 죽어야 한다면 얼마나 큰 영예이고 얼마나 큰 특혜인가! G를 다정하게 감싸 안으며 그의 귀에 중얼거린 말들은 그런 말들이다. 반면에 G는 그다지 안심한 것 같지 않다. 그의 친척 중 한 명이 죽어가고 있고, 그 병이 피부를 공격해 피부가 나병에 걸린 듯 검은색 반점으로 덮인다. G는 그 바이러스의 무시무시한 성질을, 그 뒤 이어지는 쇠락을, 피할 수 없는 죽음을 알고 있다. 육체가 망가진다는 생각보다 더 그에게 두려움을 불러일으키

는 건 없다. 아주 사소한 동작에서도 그의 불안감이 드러
난다.

    G는 필요한 온갖 검사를 받고 적합한 치료를 받는 동
안 병원에 입원했다. 에이즈의 가능성은 배제되었다. 어느
날, 그의 병실 머리맡을 지키고 있는데 전화가 울린다. 아
주 기품 있는 여성이 G와 통화하기를 바란다. 내가 누구
냐고 묻자 그 여자가 엄숙한 어조로 답한다. 공화국의 대
통령께서 통화하실 겁니다.

    G가 그의 문체와 엄청난 교양을 찬양하는 대통령의 편
지를 항상 지갑에 넣어서 갖고 다닌다는 사실을 나중에
알게 된다.

    G에게 그 편지는 '열려라 참깨'인 셈이다. 체포될 경우
그 편지가 그를 구해낼 힘을 가지리라고 생각한다.

결국 G가 병원에 머물렀던 시간은 얼마 되지 않는다. 에이즈에 걸렸다는 소문을 파다하게 퍼뜨리고 난 뒤(일단 에이즈에 걸린 게 아님이 확실해진 이상 소문을 내버려두는 쪽이 더 쉽다), 이제 이번에는 얼굴을 좀 더 덮는 새로운 선글라스를 쓰고 여봐란 듯 지팡이를 든다. 이제 그의 수작이 훤히 보인다. 그는 자신의 상황을 극적으로 부풀리기를 좋아한다. 사람들의 동정을 받고 싶어 한다. 그의 삶에 일어난 사건들은 모두 도구로 사용된다.

새 책이 출간되어 G는 가장 유명한 문학 방송 프로그

램, 작가들의 메카에 초대받았다. 그에게서 같이 가달라는
부탁을 받았다.

우리를 텔레비전 방송국 스튜디오로 데려다주는 택시
안에서, 나는 창유리에 얼굴을 갖다 대고 가로등 불빛이
비추는 기념물들, 나무들, 행인들, 연인들을 멀거니 바라
본다. 막 밤이 되었다. G는 변함없이 그 검은색 선글라스
를 끼고 있다. 그런데 몇 분 전부터, 그 불투명한 안경알
뒤에서 나를 향한 그의 시선에 담긴 적대감이 느껴진다.

"대체 무슨 생각으로 화장을 했지?" 그가 드디어 내뱉는다.

"글쎄…… 나도 몰라요, 오늘 밤은, 예외적인 순간이니
까, 아름다워 보이고 싶었어, 당신을 위해서, 당신을 기쁘
게 해주고 싶어서……."

"대체 왜 내가 그렇게 알록달록 칠한 너를 사랑한다고
생각하는 거지? '귀부인'처럼 보이고 싶어? 그런 거야?"

"G, 아니에요, 그저 예쁘게 보이고 싶었어, 당신을 위해,
그게 다야."

"그런데 나는 네가 꾸미지 않았을 때만 사랑한다는 거,
이해 못 하겠어? 그럴 필요 없어. 그런 모습이면, 넌 네 마
음에 들지 않아."

운전사는 그가 내 아버지라고 생각하고 그렇게 호통치는 게 옳다고 생각하고 있을 터라, 나는 운전사의 존재가 걸려서 울음을 삼킨다. 그 나이에 그렇게 창녀처럼 화장을 하다니! 대체, 어디를 가는데?

전부 다 망쳤다. 오늘 저녁 모임은 대실패가 될 테고, 마스카라는 흘러내렸고, 이제 이것 하나는 확실한데, 나는 괴상한 모습이겠지. 곧 처음 만난 사람들과, 하나같이 G의 팔짱을 낀 나를 보면서 다 안다는 표정을 지을 어른들과 인사를 나눠야 할 텐데. 그가 자기 친구들에게 처음 나를 소개할 때면 늘 그랬듯이, 그가 돋보이게 미소를 지어야 할 텐데. 방금 내가 더 이상 자기 취향이 아니라는 말을 해서 내 마음을 찢어놓은 터라, 지금 당장 손목이라도 긋고 싶은 심정인데 말이다.

한 시간 뒤, 그가 녹화장에서 몇 번 가볍게 쓰다듬어주고 다정한 화해의 말을 건네고, 여전히 나를 '사랑스러운 아이' '아름다운 초등학생'이라고 부르며 키스로 뒤덮고 난 뒤, 나는 온 마음으로 찬미하며 방청석에 앉는다.

3년 뒤, G는 똑같은 프로그램에 다시 나갈 텐데, 그때처럼 〈호명〉이라는 프로그램명이 잘 어울렸던 적이 없으리라. 적어도 이 말만은 할 수 있겠는데, 거기에서 그의 이름이 '불리리라는' 것. 그것도 매섭게! 몇 년 뒤, 인터넷에서 그 회차의 편집본을 발견했다. 그 녹화물은 내가 참석했던 그 회차보다 훨씬 더 많이 알려져 있다. 1990년에 G는 무해한 철학적 사전 따위가 아니라 그의 내면 일기 마지막 권을 옹호하러 나간 것이니까.

아직도 영상물 형태로 돌아다니는 편집본을 보면 그 유명한 사회자가, G가 정복한 여자들의 이름을 하나하나 언급하면서 점잖은 비난조로, G가 자랑하는 "젊은 애인들을 모아놓은 '마사(馬舍)'"를 조롱한다.

다른 패널들이 웃어대며 즐거워하는 모습이 분할화면에 나타나고, 그들 역시 비난의 표정을 짓는 둥 마는 둥 하고 있을 때, 그 유명한 진행자가 이번에는 마음껏 빈정거리면서 열변을 토한다. "어쨌든 영계 수집가군요!" 그때까지는 모든 게 다 괜찮다. 공범들의 웃음, G의 억지 겸손을 가장한 붉게 변한 얼굴.

갑자기 패널 중 한 명이, 단 한 명만이, 이 아름다운 조화를 거칠게 깨버리며 정색하고, 정당한 처형에 나선다.

캐나다의 작가로, 이름은 드니즈 봉바르디에다. 프랑스의 텔레비전 방송에 저렇게 역겨운 인물이, 소아성애를 옹호하고 실천하는 것으로 알려진 성도착자가 나온 것에 충격을 받았다고 말한다. G. M.의 그 유명한 애인들의 나이를 ("열네 살이라니요!") 예로 들면서, 자신의 나라에서는 그런 미친 짓은 생각도 할 수 없으며, 자기 나라에서는 아동권에 관한 한 훨씬 더 앞서 있다고 덧붙인다. 그가 자신의 책에서 묘사하고 있는 여자아이들 모두 훗날 그런 과거에서 어떻게 빠져나올 수 있겠는가? 누군가는 그 아이들에 대해 생각해봤는가?

이런 기습적인 공격에 깜짝 놀란 듯하나 G가 즉각 응수에 나선다. 무척이나 격노하여, 상대방의 발언 내용을 고쳐준다. "열네 살짜리 여자아이는 단 한 명도 없습니다. 두세 살 더 많은 젊은 여자들이고, 충분히 사랑을 경험할 수 있는 나이지요." (부인할 수 없으리라, 그는 관련 형법 조항을 꿰고 있다.) 그러더니 그 젊은 여성이 자신처럼 상냥하고 점잖은 남자를 만나게 된 건 정말 운이 좋은 거고, 자신은 상대 패널처럼 남에게 모욕을 주는 천박한 수준으로 내려가지 않을 거고, 자신이 품은 의도의 온화함을 안심하고 믿게 만드는 데 효과적이라 여겨지는 그런 여성적인 방식으로, 그러니까 늘 그러듯이 두 손을 춤추듯 움직이면서, 이름이 언급된 젊은 여자들 가운데 그 누구도 자신과 맺은 관계에 대해 결코 항의한 적이 없다는 말로 끝을 맺는다.

경기 종료. 현장에서 그 캐나다의 여장부는 남자에 주려서 자신보다 훨씬 더 충만한 성생활을 누리는 젊은 여성의 행복을 질투하는 여자 취급을 당하고, 유명 작가가 최종 승리를 거뒀다.

방청객 사이에 끼어 앉아서 조용히 그의 말을 듣고 있던 그날 밤, 만약 내 앞에서 G가 그와 같은 공격을 받았더라면 나는 어떻게 반응했을까? 본능적으로 그를 옹호했을까? 녹화가 끝나고 나서 그 여성이 틀렸다고, 그렇지 않다고, 나는 내 의사에 반해서 그런 적이 없다는 설명을 해주려고 시도했을까? 그 여성이 보호하려고 했던 사람이 바로 방청객 사이에 숨어 있는 나 혹은 나와 같은 처지의 또다른 여자아이라는 걸 이해했을까?

하지만 이번에는 성대히 의식이 진행되는 동안 호통도,

그 어떤 튀는 음도 없으리라. 지나치게 진지한 G의 책은 그럴 빌미를 제공하지 않는다. 입을 모은 찬사, 그러고는 녹화가 끝난 뒤 권하는 샴페인 한 잔. G는 대놓고 자랑스러워하며 평소처럼 모두에게 나를 소개한다. 한 번 더, 자신이 쓴 글들이 사실임을 확인시키는 근사한 방식. 어린 여자아이들은 그의 삶을 구성하는 일부이다. 그리고 그 누구도, 아직도 아이다움이 가득하고 화장기 하나 없고 세월의 부작용 하나 없는 내 두 뺨과 G 사이의 대조를 보고도, 조금의 충격도 받지 않고 심지어 불편한 기색조차 아예 없다. 나중에서야 나는, 홀로 한 시대 전체의 너그러움에 맞서 항의하자면, 그 캐나다 작가에게 대단한 용기가 필요했으리라고 깨닫는다. 오늘날, 시간의 흐름이 작용하여, 〈호명〉의 편집본은 좋은 뜻으로든 나쁜 뜻으로든 사람들이 화면에 잡힌 '결정적 순간'이라고 부르는 것이 되었다.

그리고 이미 아주 오래전부터 G는 방송국의 문학 프로그램에 더는 초대되지 않아, 자신이 정복한 중학생 애인들을 자랑하지 못하고 있다.

처음에는 익명의 고발장들, 그다음에는 둘 다 에이즈에 걸린 것일지도 모른다는 두려움. 이 연속적인 위협이 우리의 사랑을 굳혔다. 숨어야만 하고, 사라져야 하고, 증인과 질투하는 자들이 보내는 침범의 눈길을 피해야 하고, 그 무엇보다도 그를 사랑한다고 울부짖는 가운데 재판정에서는 내 애인에게 수갑을 채운다…… 서로의 품에 안겨 죽음을 맞이하고 피부는 갉아먹히고 뼈에 찰싹 들러붙었지만, 상대방을 위해서만 뛰는 단 하나의 심장……. G의 곁에서 맞는 삶은 그 어느 때보다도 더 소설과 흡사하다. 그 끝은 비극이려나?

어딘가에 따라야 할 혹은 발견해야 할 길이 있으리라. 도교 신봉자들이 하는 말이다. 중도. 적절한 말과 완벽한 동작과 적당한 순간에 있어야 할 곳에 있다는 반박 불가의 느낌. 이를테면 벌거벗은 진실이 있을 그곳에 있다는.

열네 살짜리 여자아이를 보면서 학교가 끝날 시간에 맞춰 오십 먹은 남자가 그 아이를 기다리고 있다고 생각지 않을 테고, 그 아이가 그 남자와 호텔에서 살고 있으며 다른 아이들은 간식을 먹을 시간에 입에 그의 음경을 물고 침대에 있을 거라는 추측을 하지는 않는다. 나는 열네 살짜리지만 이런 사실들에 대해 자각하고 있으니, 상식이 완전히 결여된 건 아니다. 이런 비정상성, 나는 이를테면 그것을 나의 새로운 정체성으로 삼았다.

역으로, 그 누구도 내가 놓인 상황에 대해서 놀라지 않으면, 즉각 내 주변의 세계가 제대로 돌아가고 있지 않다고 직감한다.

훗날 온갖 종류의 심리치료사들이 내가 성 맹수(性猛獸)의 희생물이었다고 열성적으로 설명해주겠지만, 그 또한 내게는 '중도'가 아닌 걸로 여겨지리라. 그것 역시 완벽하게 적확하지는 않다고 느끼리라.

나는 아직도 양가적 감정을 끝장내지 못했다.

4부

벗어나기

"누군가 내게 X라고 이름 붙인 어린 여자아이가 색정광에 의해
유년기를 약탈당했다고 입증해줄 수 없는 한,
언어예술이라는 아주 지엽적인 임시 치료제 말고는
나의 고뇌에 대한 치료법이 전혀 보이지 않는다."

블라디미르 나보코프,《롤리타》

G는 거의 밤낮으로 글을 쓴다. 편집자가 월말에 원고가 나오기를 기다리고 있다. 또 그 시기가 돌아왔음을 이제는 알아본다. 1년 전 우리가 만난 뒤로 그가 출간을 준비하는 두 번째 책이다. 그가 우리가 원룸에서 도망 나오면서 건져 온 자그마한 타자기 위로 몸을 숙이고 있어서 나의 시선은 침대에서부터, 둥글게 구부린 그의 어깨의 각진 선을 훑는다. 아무것도 걸치지 않은 완벽하게 매끈한 등. 자잘한 근육, 목욕 수건에 감싸인 그의 날씬한 허리. 이제 그 육체의 날씬함에는 비용이 든다는 걸 안다. 그것도 아주 고가의 비용이. G는 1년에 두 번, 거의 샐러드와 곡물로만

구성된 식사를 제공하며 알코올과 담배를 금지하는, 스위스에 있는 특수 클리닉에 들어갔다가, 매번 5년은 젊어져서 돌아온다.

이런 식의 겉멋 내기는 내가 문인에 대해 품고 있는 이미지와 맞지 않는다. 하지만 내가 사랑에 빠졌던 대상이 바로 그 육체, 털이 거의 없어 매끈하다 싶고, 너무나 날씬하고 유연하며, 그렇게나 금빛으로 빛나는 단단한 육체이다. 그래도 몸매 유지의 비결은 몰랐더라면 더 좋았으리라.

같은 맥락에서, G가 어떤 형태이든 육체의 망가짐에 대한 진정한 공포증을 갖고 있음을 알게 됐다. 어느 날 샤워를 하다가, 가슴과 팔의 살갗이 붉은 반점으로 덮인 것을 알아차린다. 발가벗은 채로 물을 뚝뚝 흘리면서 욕실에서 급하게 나와, 그에게 반점들을 보여준다. 하지만 내 몸에 제법 넓게 번진 피부발진을 보자 그는 공포에 질린 표정을 띠고, 한 손으로 두 눈을 가리며 나를 바라보지도 않고 이런 말을 내뱉는다.

"아니, 정말이지, 왜 그런 걸 보여주는데? 너에게 정나미가 떨어지면 좋겠다는 거야, 뭐야?"

또 한번은, 학교에서 돌아오자마자 침대에 앉은 채, 눈물을 글썽이며 신발만 뚫어져라 쳐다본다. 묵직한 침묵이 방 안에 자리한다. 나를 콘서트에 초대한 같은 반 남학생 이름을 불행히도 입에 올리고 말아서였다.

"무슨 콘서트?"

"더 큐어라고, 뉴웨이브 계열이래요. 사실, 알겠지만, 좀 창피했어. 나만 빼고 전부 다 아는 눈치더라고."

"누구라고?"

"더 큐어."

"뉴웨이브 콘서트에 가서, 얼간이처럼 고개를 꺼덕거리면서 대마초를 피워대는 것 말고, 뭘 할 거라고 생각하는지 말해줄래? 그리고 그 자식, 막간을 이용해 널 쓰다듬거나, 한술 더 떠 어둠 속으로 널 몰아넣고 키스하려는 게 아니라면, 왜 널 초대할까? 적어도 거절했기를 바란다."

열다섯 살이 다가오자, G는 내 생활의 모든 측면을 통제할 생각을 하기 시작했다. 이를테면, 후견인 노릇을 했다. 여드름이 나지 않게 초콜릿을 덜 먹어야 한다. 평소에 늘 몸매 유지에 신경 써야 한다. 담배도 끊어야 한다(나는 트럭 운전사처럼 엄청나게 담배를 피워댄다).

나의 양심이라고 그보다 처지가 더 나을 건 없다. 그는 매일 저녁 신약성서를 읽게 하고, 잠언마다 들어 있는 그리스도의 메시지와 그 의미를 제대로 이해했는지를 확인한다. 그러고는 이 분야에 관한 나의 전적인 무지에 놀란다. 무신론자이고 세례를 받지 않았으며 68세대에 속하는 여성주의자의 딸인 난, 텍스트를 읽다가 나와 같은 성별의 인간일 경우 그에 대한 처우가—여성혐오적인 것은 말할 것도 없고—늘 변함없고 도저히 이해할 수 없다고 생각하여 때때로 항의한다. 하지만 마음속에서는 성서를 발견하게 된 것이 불만스럽지는 않다. 결국 성서란 것도 다른 텍스트들과 마찬가지로 문학 텍스트이다. G는 반박한다. 천만에, 다른 모든 텍스트들의 근원에 있는 텍스트이지. 애무하는 사이사이, 프랑스어로, 그다음에는 러시아어로 '성모경' 전체를 가르쳐준다. 나는 그 기도문을 통째로 외워서 밤에 잠들기 전에 속으로 외워야 한다.

하지만 대체, 빌어먹을, 그는 무엇을 두려워하는가? 나랑 같이 지옥으로 갈까 봐?

교회는 죄인들을 위해 생겨난 거다, 그가 답한다.

G가 2주 예정으로, 늘 해오던 대로 청춘 요법을 받으러 스위스로 떠났다. 그는 호텔 방과 뤽상부르에 있는 원룸의 열쇠를 내게 맡겼다. 내게 그럴 마음이 있으면 그곳에서 지내도 되리라. 어느 날 저녁, 마침내 금기를 위반하고 금지된 책들을 읽을 결심을 한다. 쉬지 않고, 몽유병자처럼. 이틀 동안 바깥에 코빼기도 안 내민다.

교양미와 훌륭한 문체적 기량을 발휘해 아슬아슬 가리긴 했지만, 몇몇 대목의 포르노그래피가 구역질을 불러온다. 특히 내가 멈춘 한 대목에서, 마닐라로 여행을 간 G는 '싱싱한 엉덩이'를 찾아 나선다. 몇 장을 더 넘기면 "내가 이곳에서 침대로 끌어들인 열한 살 혹은 열두 살가량의 어린 남자아이들은 드물게 만나는 짜릿한 맛이다"라는 구절이 나온다.

그의 독자들에게로 생각이 옮겨 간다. 비열한 중늙은이들이—내 머릿속에서 그들은 즉각 겉모습 또한 그만큼 역겨운 인간들로 그려진다—탱탱한 육체에 대한 이러한 묘사를 읽으면서 흥분을 느끼리라는 생각이 불쑥 든다. 나 역시 G가 쓴 소설이나 일기에 등장하는 여주인공들 축에 끼게 됨으로써, 소아성애자인 독자들의 수음 보조 도구가 되는 걸까?

만약 G가 사람들이 내게 골백번 얘기해준 그런 성도착자라면, G가 비용이라고는 필리핀행 비행기 푯값만 달랑 지불하고서 열한 살짜리 어린 사내아이들의 육체를 탐닉하는 난교 파티를 즐기고, 그 아이들에게는 책가방 하나 사서 던져주는 걸로 자신의 행위를 정당화하는 진짜배기 개자식이라면, 이런 상황에서는 나 역시 괴물이 되는 걸까?

후다닥 그런 생각을 누르려고 애써본다. 하지만 독은 이미 침투했고, 이제 퍼져나가기 시작한다.

8시 20분이다. 교문을 넘어서는 데 성공하지 못한 게, 이번 주 들어 벌써 세 번째다. 나는 일어나서 샤워를 하고 옷을 차려입었다. 단숨에 차를 마시고 가방을 메고 어머니 집의 계단을 뛰어 내려갔다(G는 여전히 부재중이다). 건물 안뜰까지는 모든 게 순조로웠다. 그다음 거리로 나서면서 이미 글러버렸다. 사람들의 시선에 대한 두려움, 내가 아는 누군가와 마주쳐서 그에게 말을 걸어야 할지도 모른다는 두려움. 이웃이거나 가게 주인이거나 혹은 반 친구거나. 나는 벽에 붙어 걷고, 말도 안 되지만 인적이 가장 뜸한 길로만 돌아간다. 유리창에 비친 내 모습과 맞닥뜨릴 때마다 몸이 굳고, 그 몸을 다시 움직이는 게 너무도 힘들다.

하지만 오늘은 결심이 단단히 섰고 스스로가 단호하고 굳세다고 느낀다. 이번에야말로 절대 두려움에 지지 않겠어. 그러고 나서 일단 교문 앞까지는 가는데, 그 광경이 보인다. 우선, 그늘 속에 버티고 서서 학생증을 검사하는 무시무시한 문지기들. 그다음, 학교 운동장 한가운데에서 우글거리는 학생들이 만들어내는 시끌벅적 난장판, 등에 가방을 메고 서로 밀쳐대며 그리로 앞다퉈 뛰어가는 10여 명의 학생들. 우글대며 적대감을 뿜어내는 벌 떼. 올 것이 오고야 만다. 나는 휙 몸을 돌려, 범죄를 저지른 사람처럼 가쁜 호흡과 벌렁대는 심장으로 땀에 흠씬 젖은 채 시장이 나올 때까지 반대 방향으로 걷는다. 항거불능의 죄인.

호텔에 머무르지 않을 때 내가 거처로 삼는 동네 카페로 숨어든다. 몇 시간씩 머물러도 그 누구도 방해하러 오는 법이 없다. 종업원은 늘 조심스럽다. 그저 내가 일기를 끼적거리거나 단골 몇이 여기저기 흩어져 있는 가운데 말없이 책을 읽는 모습을 지켜본다. 결코 무례한 말을 건네지도 않는다. 왜 수업을 듣지 않고 여기 있느냐고 묻지 않는다. 찻잔과 유리컵이 부딪히는 소리에 섞여 이따금 핀볼

소리가 들려오는 이 추운 익명의 공간에 세 시간 동안 머물러도 커피 한 잔과 물 한 컵 이상의 주문을 요구하지 않는다.

호흡을 가다듬기 시작한다. 흩어진 정신을 모아야 한다. 숨 쉬기. 생각하기. 결심하기. 수첩에 급히 문장 몇 줄을 써보려고 애쓴다. 하지만 아무것도 떠오르지 않는다. 작가와 살고 있지만 아주 작은 착상마저도 떠오르지 않는다는 건 어쨌든 기가 막힌 일이다.

8시 35분이다. 여기와 거리 세 개를 사이에 둔 곳에서 종이 울렸다. 학생들이 계단을 올랐고, 둘씩 짝을 지어 자리에 앉았고, 공책과 필통을 꺼냈다. 교사가 교실로 들어왔다. 출석을 부르는 동안 모두가 입을 다물었다. 알파벳의 후반부 글자들에 이르자, 그가 눈을 들어 교실 뒤쪽을 한번 쳐다보지도 않고서 내 이름을 불렀다. 평소처럼 결석이로군, 그가 나른한 어조로 말했다.

G가 돌아온 뒤로 분노한 여인들이 수시로 호텔 방문 앞에 들이닥친다. 그들이 계단참에서 우는 소리가 들려온다. 가끔은 현관에 놓인 깔개 밑에 쪽지를 밀어 넣기도 한다. 어느 날 저녁, 그가 또 그런 여자 한 명과 이야기를 나누러 나가면서 내가 그들의 대화를 듣지 못하게 문을 닫는다. 울부짖음, 욕설, 그러고는 숨죽인 울음소리, 속삭임. 다 잘 됐어. 그가 그 발키리(북유럽 신화에 등장하는, 오딘 신을 섬기는 싸움의 처녀들―옮긴이)를 구슬리는 데 성공했는지, 계단을 구르듯 뛰어 내려가는 소리가 들린다.

내가 G에게 설명을 요구하면, 그는 길거리에서 자기를

따라온 팬들이라고, 혹은, 대개의 경우 자신의 평온 따위는 그다지 신경 쓰지 않는 편집인을 통해서일 것 같긴 한데, 어떻게 알아냈는지는 몰라도 자신의 주소를 알아내는 데 성공한 팬들이라고 주장한다(그럴듯한 핑계).

그러더니, 이번에는 서점에서 개최하는 사인회에 초대받았고 도서전에 참석해야 해서 다시 브뤼셀로 떠난다고 알려온다. 나는 이번에도 혼자 호텔에 머무르려고 한다. 그런데 이틀 뒤 토요일에, 친구와 함께 길을 걷다가 맞은편 보도에서 어떤 여자아이와 팔짱을 끼고 있는 그의 모습을 보게 된다. 나는 자동인형처럼 휙 몸을 돌려 그 모습을 내몰려고 애쓴다. 말도 안 돼, G는 벨기에에 있다고. 그가 내게 분명히 그렇게 말했다.

열세 살에 G를 만났다. 열네 살이 되었을 때 우리는 연인이 되었다. 이제 열다섯 살이고, 나로서는 다른 남자를 알지 못하니만큼 그 어떤 비교도 가능하지 않은데, 그런데도 몇 가지 사실을 깨닫기까지 오래 걸리지 않는다. 우리의 사랑 행위는 틀에 박힌 듯하다는 특징을 보인다, G는 발기 상태를 유지하기가 힘들다, 발기에 도달하려면 공들여 여러 가지 교묘한 방식을 동원한다(내가 뒤돌아 누워 있는 동안 미친 듯이 성기를 문질러대기), 우리의 성행위가 점점 더 기계적인 양상을 띠어간다, 그로부터 권태가 비롯된다, 그에 관한 그 어떤 지적이라도 입에서 튀어나올

까 봐 두려워한다. 우리의 판에 박힌 관계를 부숴놓을 뿐
만 아니라 나 자신에게 더 많은 쾌락을 안겨줄 욕망을 그
에게 맞춰야 하는 게 어렵고 이는 극복할 길이 거의 없다.
그 금서들, 그가 수집한 애인들을 늘어놓고 마닐라 여행을
상세히 묘사한 그 책들을 읽고 난 뒤로, 끈적이고 불결한
그 무언가가 우리의 내밀한 순간들을 뒤덮고 말아서, 이제
나로서는 그 순간들에서 자그마한 사랑의 흔적조차 찾아
볼 수 없다. 스스로가 천박하다고, 그 어느 때보다도 외롭
다고 느낀다.

   그렇지만 우리의 이야기는 유일하며 숭고했다. 그가 하
도 되풀이 말해준 덕에 그러한 초월성을 믿고 말았으니,
스톡홀름증후군이 헛소리인 것만은 아니다. 왜 열네 살짜
리 여자아이는 자기보다 서른여섯 살이나 많은 아저씨를
사랑할 수 없다는 거지? 백번도 넘게 그러한 질문을 곱씹
었다. 그 질문이 처음부터 잘못 제기되었음을 알지 못하고
서 말이다. 나의 끌림이 아니라 그의 끌림에 대해 물어야
했던 거다.
   그가 이전에 같은 연배의 수많은 여자들과 관계를 가져

보고 나서 온갖 윤리적 걸림돌에도 불구하고 나의 젊음에 무릎을 꿇고 만 거라면, 자신도 어쩔 수 없이 여자아이에게 한눈에 반하여 그런 사랑에 넘어간 거라면, 내가 마찬가지 나이에 오십 세의 남자와 미칠 듯한 사랑에 빠졌다 해도 상황은 무척 달라졌으리라. 그래, 그런 경우라면, 사랑 때문에 그가 규범을 어길 수밖에 없게 만든 장본인이 나였다면, 지금과는 달리 G가 살아오면서 골백번도 더 그런 역사를 반복하고 또 한 게 아니었다면, 우리의 특별한 열정적 사랑이 실제로 숭고했으리라는 데에 동의하겠다. 만약 내게 첫사랑이자 끝사랑이라는 확신이 있었다면, 그의 애정 생활에서 결국 나만이 예외였다면, 우리의 사랑은 유일하면서도 한없이 소설적이었으리라. 그렇다면 그의 위반을 어찌 용서하지 않겠는가? 사랑에는 나이가 없다지만, 이건 그런 문제가 아니다.

실제로 G의 삶 전반에 비춰보면, 나를 향해 표출된 이런 식의 욕망은 무한대로 넘쳐흐르고, 서글프게도 진부하며, 또한 이는 신경증, 억제할 수 없는 일종의 중독에 해당된다는 걸 이제 알았다. 어쩌면 나는 그가 파리에서 정복한 여자아이들 가운데 가장 어릴 수도 있겠지만 그의 책에는 열다섯 살짜리 또 다른 롤리타들이 바글거렸고(한 살 차이는 그다지 큰 차이는 아니었다), 그가 미성년자 보호에 덜 철저한 나라에 살았더라면, 열네 살이라는 나의 나이가 그에게는 아시아인 특유의 긴 눈매를 가진 어린 남자아이의 열한 살에 비해 하찮아 보였으리라.

G는 다른 남자들과 비슷한 남자가 아니었다. 숫처녀들이나 겨우 사춘기에 이른 남자아이들하고만 성관계를 가졌고, 그러고 나면 그 이야기를 자신의 책 속에 남겼다고 대놓고 말하기도 했다. 성적이며 문학적인 목적을 위해 나의 젊음을 탈취하면서 지금 그러고 있는 것처럼. 매일, 내 덕분에 그는 법이 허락하지 않는 열정을 충족시켰고, 그렇게 거둔 승리를 곧 새로 쓸 소설에서 의기양양하게 휘두르리라.

그렇다. G는 선량한 감정에 의해 고무되지 않았다. 그 남자는 좋은 사람이 아니었다. 그는 어려서부터 두려워해야 한다고 배운 그것, 바로 식인귀이다.

우리의 사랑은 너무나 강력해서 그 무엇으로도, 내 주위에서 드물게 보는 경고 한두 개로는 내 눈을 뜨게 하기에 충분하지 않았다. 그건 악몽 중에서도 가장 사악한 악몽이었다. 그건 형용할 길 없는 폭력이었다.

주술이 풀린다. 때가 되었다. 하지만 여전히 밀림처럼
자란 넝쿨들은 나를 암흑의 왕국에 붙잡아두고 있고, 그
넝쿨들을 베어버리고 나를 구하러 오는 매력적인 왕자는
단 한 명도 없다. 하루하루가 지날수록, 새로운 현실에 눈
뜬다. 나를 완전히 없애버릴 수도 있어서 통째로 받아들이
기를 아직은 거부하고 있는 그 현실.

　하지만 G에게는 내가 품은 의심들 가운데 그 어떤 것도
숨기려는 수고를 더는 하지 않는다. 그에 대해 알게 된 것,
그리고 그때까지 그가 숨기려고 애써왔던 것이 나를 분노
로 내몬다. 이해해보려고 애를 쓴다. 마닐라에서 어린 남

자아이들을 따먹으며 어떤 쾌감을 느끼는 걸까? 스스로 일기장에서 자랑삼아 떠벌리고 있듯이 열 명의 여자아이들과 한꺼번에 잠자리를 갖고 싶은 욕구는 어디서 오는 걸까? 그러니까, 대체, 그는 진정 누구인가?

내가 대답을 얻어내려고 애쓰면 그는 공격을 통해 피해 간다. 나를 참아주기 힘든 궤변론자 취급을 한다.

"그럼, 넌, 그런 질문을 해대는 너는 누구지? 종교재판의 현대적 버전인가? 혹시, 여성주의자? 가관일세!"

이 시기 이후로 G는 매일 동일한 신조를 내게 강요한다.

"제정신이 아니네. 넌 지금 이 순간을 즐길 줄을 몰라. 물론 다른 여자들도 다 그렇지만. 지금 이 순간을 만끽할 수 있는 여자를 본 적이 없어. 여자들 유전자가 그런가 봐. 여자들이란 늘 그 히스테리의 포로가 된 만성 불평불만 환자들이라니까."

이제 다정한 말들, '내 귀여운 아이' '내 어여쁜 초등학생' 등은 지하 감옥에 쑤셔박힌다.

"한 번 더 말해줘야 하나. 난 아직 열다섯 살밖에 안 됐어요, 물론 잘 알고 있겠지만. 그러니까 아직 완벽하게 '여자'라고 불릴 수 있을 나이가 아니죠! 게다가 당신이 아는 게 뭐 있기는 하고? 여자에 대해? 열여덟 살이 넘어섰다 하면 그 여자들에게서 당신의 관심을 끌 만한 게 아무것도 없잖아!"

하지만 나는 말싸움에 있어서 상대가 되지 못한다. 너무 어리고 경험도 너무 적다. 작가이자 지식인인 그의 앞에서 끔찍할 정도로 어휘가 부족하다. '자기도취적 성도착자'란 용어도, '성 맹수'란 용어도 모른다. 어떤 사람에게는 타자란 존재하지 않는데, 그런 사람이란 도대체 무엇인지 알지 못한다. 여전히 육체적인 것만이 폭력이라고 생각한다. 그리고 G는 언어를 검 다루듯 다룬다. 간결한 말 한마디로 재빨리 나를 찔러 찍소리조차 못 하게 만들 수 있다. 대등하게 싸운다는 것은 불가능하다.

하지만 상황의 기만성을 어렴풋이 느낄 정도로, 그가 했던 모든 정절의 맹세, 가장 근사한 추억을 남겨주겠다는 그의 약속이 자기 작품과 욕망의 실현을 위한 한낱 거짓말에 지나지 않았음을 이해할 정도로는 자랐다. 한 권 또 한 권 영구히 써나갈 그러한 허구, 그 자신에게는 늘 근사한 역할이 주어질 그러한 허구 속에 나를 가둬버린 그를 증오하고 있음을 문득 깨닫는다. 그의 에고가 완벽하게 차단하고 있던 환상은 곧 공개된 장소로 옮겨지리라. 그가 은폐와 거짓을 종교로 삼고, 작가로서의 작업을 자신의 중독증에 정당성을 부여하는 알리바이로 삼았다는 사실을 더는 참아낼 수 없다. 더는 그의 수작에 놀아나지 않는다.

그 뒤로는 내 입에서 나온 사소한 말 한마디도 내게 불리하게 기록됐다. 그가 적는 일기는 내 최악의 적이 되었고, G는 일기를 필터 삼아 우리의 이야기를 걸러내어, 나만이 장본인인 병적 정열로 변모시켰다. 비난을 시작하자마자 그는 다급하게 펜을 손가락 사이에 끼운다. 두고 보면 알게 될 거야, 귀여운 것, 자, 탁! 검은색 수첩에 너에 대한 끝내주는 인물 묘사를 적어뒀어!

내가 반항을 하고, 수업 사이 빈 시간을 이용해 그의 침대로 들어가려고 호텔로 돌아오는 일에서 더는 행복을 느끼지 않게 된 이상, 이제 나를 떨쳐내야만 한다. 글의 힘을 통해 '어린 V'를 질투에 갉아먹힌 불안정한 여자아이로 만들며 제멋대로 이야기를 풀어낸다. 이제 나는 이전의 여자아이들과 마찬가지로, 그의 그 빌어먹을 일기장에서 곧 지워버려야 할 불필요한 인물에 지나지 않는다. 그건 그의 독자들에게는 그저 단어들이고 문학에 불과하다. 내게는 붕괴의 발단이다.

하지만 뛰어난 인간의 문학작품에 비춰볼 때 무명의 여자아이 하나의 인생이 뭐 그리 중요하겠는가?

그렇다. 요정 이야기는 종착점에 닿았고, 주술은 풀렸고, 매력적인 왕자는 민낯을 드러냈다.

어느 오후, 학교에서 돌아와보니, 호텔 방이 비어 있다. G가 욕실에서 한창 면도를 하고 있다. 책가방을 의자에 내려놓고 침대 모서리에 걸터앉는다. 그의 검은색 수첩 하나가 침대를 가로질러 아무렇게나 던져져 있다. 펼쳐진 페이지를 보니, 방금 G가 그 색깔만으로도 그의 서명을 대신하게 된 청록색 잉크로 몇 줄 적어놓았다. "16시 30분. 나탈리를 마중하러 고등학교 교문 앞으로 갔다. 길 건너편에서, 맞은편 보도 위에 있는 나를 알아보자 그 아이의 얼굴이 환하게 빛났다. 주위에 있던 다른 젊은이들 한가운데에서 그녀는 천사처럼 빛을 뿜어내는 듯했다……. 우리는 달콤하고 숭고한 한때를 보냈고, 그 아이는 너무나 열정적이었다. 이 아이가 일기에서 차지하는 분량이 앞으로 더 많아진다고 해도 놀라지 않으리라."

단어들이 종이에서부터 떨어져 나와 한 떼의 악마들처럼 내 주위를 뱅글뱅글 맴도는 가운데, 나를 둘러싼 세계가 몽땅 무너져 내리고 방 안의 가구들은 연기가 풀풀 피어오르는 폐허 더미에 지나지 않고 재가 공기 중에 떠도니, 더 이상 숨을 쉴 수 없었다.

G가 욕실에서 나온다. 두 눈이 벌게서 눈물을 흘리며, 믿기지 않는다는 표정으로 펼쳐진 수첩을 가리키고 있는 나를 발견한다. 그의 얼굴에서 핏기가 사라진다. 그러더니 격노하여 폭발한다.

"대체 어떻게 감히 이런 싸움을 걸어오면서 작업을 방해할 수 있지? 난 지금 소설을 쓰느라 정신이 없는데? 요즘 들어 내가 감당해야 하는 압력이 어떨지 단 1초라도 생각은 해? 그런 일에, 내가 하고 있는 일에 에너지와 집중이 요구된다는 생각을 조금이라도 해? 예술을, 창작을 한다는 게 뭔지 아무것도 아는 게 없구나. 그래, 공장에 다니는 사람처럼 꼬박꼬박 출근부에 기록해야 하는 건 아니지만, 글을 쓰는 동안 내가 뚫고 가야 하는 고뇌, 그게 뭔지에 대해 넌 아무 생각도 없어! 네가 방금 읽은 것, 그건 앞으로 나올 소설 초고일 뿐이고 우리와, 너와, 아무런 상관이 없다고."

그 거짓말, 그건 너무 나갔다. 이제 갓 열다섯 살이 되었지만 그런 거짓말 속에서 내 지능에 대한 모욕을, 나라는 인격 전체에 대한 부정을 보지 못할 수는 없다. 온갖 달콤한 약속들의 저버림, 본색의 드러남, 이 모든 것이 단도처럼 내 몸 전체를 꿰뚫는다. 이제 우리 사이에서 건질 건 하나도 없다. 난 속고, 당하고, 버림받는다. 그런데 원망할 사람이 나밖에 없다. 창문 난간을 넘어 허공으로 몸을 날리려 한다. 그가 아슬아슬하게 붙잡는다. 나는 문을 쾅 닫으며 달려 나간다.

늘 방랑에 마음이 쏠렸고, 이해할 수 없게도 노숙자들에게 끌려서 자그마한 기회라도 생기면 그들과 대화를 나눈다. 몇 시간이고 완전히 멍한 상태로, 영혼의 자매, 말을 걸 만한 사람을 찾아서 동네를 누빈다. 다리 밑에 이르러 누더기를 걸친 노인 옆에 앉아 눈물을 펑펑 흘린다. 노인은 한쪽 눈썹을 살짝 들어 올리는가 싶더니 내가 알지 못하는 언어로 몇 마디 중얼거린다. 우리는 잠시 말없이 짐배들이 지나가는 모습을 바라보았고, 나는 다시 정처 없이 길을 떠난다.

정신을 차려보니, 어떤 호화로운 건물 발치에 와 있다.

그 건물 2층에는 G가 우리의 관계가 시작되자마자 내게 자신의 멘토라고 소개했던 그의 지인, 루마니아 출신의 철학자가 살고 있다.

　책방이나 보도나 나무나 모두 다 G를 떠올리게 하는 이 동네 길바닥에서 나뒹군지라, 얼굴은 시커먼 자국으로 더럽고 머리카락은 뒤엉킨 상태로, 건물 입구로 들어간다. 떨고 있고 손톱 밑엔 흙이 끼고 땀에 흠씬 젖은 꼴이 꼭 수풀 뒤에서 막 아이를 낳은 젊은 아메리카 원주민 여자처럼 보일 거다. 발소리를 죽이고, 하지만 심장은 쿵쾅대는 상태로, 어두운 색조의 양탄자가 깔린 계단을 올라가서, 얼굴을 붉히며 목구멍에 울음이 꽉 찬 채로 초인종을 누른다. 상당한 연배의 자그마한 부인이 문을 열어주는데, 그 눈길이 호의적이다. 방해해서 죄송하지만 남편분이 계시다면 만나뵀으면 좋겠다고 말한다. 에밀의 아내는 엉망진창인 매무새를 보고 몹시 당혹스러운 표정을 짓는다. "에밀, G의 친구, V예요!" 그녀가 안쪽에 대고 소리치고 나서 부엌으로 이어지는 복도로 자취를 감춘 뒤 부엌에서 금속성 소리가 흘러나오는 걸 보니, 차를 준비하려고 물을 끓이나 보다고 짐작한다.

159

에밀 시오랑이 방으로 들어와서, 한쪽 눈썹을 살짝 올리는 절제된 방식으로, 하지만 그 의미는 명백히 드러나게 놀람을 표하고는 않으라고 권한다. 그 말만으로도 눈물이 펑펑 쏟아진다. 엄마 찾는 갓난쟁이처럼 울어대면서 흘러내리는 콧물을 옷소매로 닦으려고 애쓰니, 콧물을 닦으라고 수놓은 손수건을 건넨다.

나를 그의 집으로 이끌었던 그 맹목적 신뢰의 근거는 단 하나, 역시 동유럽 출신인 나의 할아버지와 그가 닮았다는 사실뿐. M자형 이마에 뒤로 빗어 넘긴 백발, 날카로운 푸른빛의 두 눈, 매부리코, 그리고 칼로 자르는 듯한 억양(차를 만들어주면서 내 취향을 묻고, 그러느라 입에 올린 레몬이나 초콜릿을 발음할 때 드러나는 그 특이한 억양).

대부분이 경구로 되어 있어서 길이가 짧았음에도 불구하고 그가 쓴 책들 가운데 그 어떤 것도 끝까지 읽어내지 못했는데, 그에 대한 일반적 평은 그가 '허무주의자'라는 것이다. 실제로, 그런 면에 있어서 그는 내게 실망을 주지 않으리라.

"에밀, 더는 못 하겠어요." 드디어, 울어대는 틈틈이 토막토막 말을 꺼낸다. "그 사람은 제가 미친 거라는데, 그가 계속 그러면 정말로 미치겠죠. 거짓말을 해대고 수시로 사라지고 여자아이들이 끝도 없이 나타나 그의 집 문을 두드려대고, 심지어 포로살이나 다름없이 살아가는 호텔 방에까지 찾아와요. 이제 내겐 대화를 나눌 사람이 아무도 없어요. 그 사람이 친구들에게서도, 가족에게서도 나를 떼어놓았죠……."

"V." 에밀 시오랑이 장중한 어조로 말을 자른다. "G는 예술가, 아주 위대한 작가이고, 어느 날엔가는 세상 사람들도 그 사실을 알게 될 겁니다. 물론 그런 일이 일어나지 않을 수도 있겠죠, 아무도 알 수 없는 일이니. G를 사랑한다면 그 사람 자체를 받아들여야죠. G가 당신을 선택한 것만으로도 엄청난 영예랍니다. V가 해야 할 역할은 창작의 길을 걷는 그 사람과 함께 걸어주는 것, 그리고 그의 변덕에 맞춰주는 거예요. 그가 당신을 아주 좋아한다고 알고 있어요. 하지만 여자들은 종종, 예술가가 무엇을 필요로 하는지 이해하지 못하더군요. 톨스토이의 아내는 완벽한 자기희생 정신을 발휘해, 남편이 손으로 쓴 원고의 아주 자그마한 실수까지도 쉬지 않고 잡아내면서 하루 종일 타자를 치면서 보냈다는 걸 알죠! 예술가의 아내가 자신이 사랑하는 사람에게 돌려줘야 할 사랑의 유형, 그건 바로 이처럼 자기희생적이고 헌신적인 사랑이랍니다."

"하지만 에밀, 그는 줄곧 거짓말을 해요."

"이봐요, 친구, 거짓말이 곧 문학이랍니다! 몰랐어요?"

내 귀를 믿을 수가 없다. 이런 말을 내뱉고 있는 사람이 바로 철학자이자 현자라는 인물이라니. 갓 열다섯 살이 된 여자아이에게 늙은 성도착자를 위해 자신의 삶은 한옆으로 밀쳐두라고 주문하는 사람이 최고의 권위를 가진 인물이라니? 나의 삶을 영원히 처박아두라고? 찻주전자 손잡이를 잡고 있는 시오랑 아내의 짤막하고 포동포동한 손가락에 정신을 빼앗겨, 줄줄이 욕설을 내뱉고 싶어 근질거리는 입을 닫고 있다. 그녀는 한껏 단장하고, 푸른 기가 감도는 머리카락과 잘 어울리는 예쁘장한 블라우스를 입고서, 남편이 한마디 할 때마다 말없이 고개를 주억거린다. 한창때 그녀는 평판이 괜찮은 배우였다. 그 뒤 영화 찍기를 그만뒀다. 어느 시점이었을지는 물어보나 마나이다. 그 자리에서 내가 생각했던 것보다도 훨씬 더 설득력이 있으며

에밀 시오랑이 내게 베풀었던 유일하게 분별력이 있는 말,
그건 사실 G는 결코 변하지 않으리라는 말이다.

가끔씩, 수업이 끝나면 오후 시간에 어머니의 이웃집에 가서 그 집 아들을 돌본다. 아이의 숙제를 봐주고, 목욕을 시키고, 저녁을 차려주고, 약간 놀아주고, 그리고 재운다. 아이의 어머니가 저녁 식사 약속이 있어 다시 외출할 때면 어떤 젊은 남자가 교대하러 온다.

유리는 스물두 살이고, 법학을 전공하며, 색소폰을 불고, 학비를 벌기 위해 나머지 시간에는 일을 한다. 우연의 일치든 아니든 간에, 그 역시 아버지 쪽으로 러시아인의 피가 흐른다. 우리는 그저 스쳐 지나갈 뿐이다. 인사는 나누지만, 어쨌든 초기에는 말을 나누는 법이 거의 없다. 하지만 여러 주가 흘러가면서 그 집을 나서기 전 내가 지체하는 시간이 길어진다. 우리는 점점 더 가까워진다.

어느 날 저녁, 우리 둘이 창가에 팔꿈치를 괴고 어둠이 내리는 걸 지켜본다. 유리가 남자 친구가 있는지를 물어오는 바람에 내 이야기를 털어놓다가 지금 나의 상황에 대한 이야기까지 나와버린다. 한 번 더, 포로나 다름없는 나에 관해 말한다. 열다섯 살에 미로에서 길을 잃었고, 유일하게 여전히 사랑받는다고 느끼는 순간인 잠자리에서의 관계 회복을 빼면, 일상생활이 끊임없는 다툼을 중심으로 돌아가니 그 안에서 나의 길을 되찾기란 불가능했다. 드물기는 하지만 여전히 교실에서 보내는 시간 동안, 반 친구들과 나를 비교하게 되면 금방이라도 돌아버릴 것만 같다. 친구들은 얌전히 집으로 돌아가 시리얼 한 사발을 먹으면서 다오나 디페시 모드의 음반을 듣겠지만, 그 시각에 나는 내 아버지보다도 더 나이 많은 아저씨의 성적 욕구를 계속해서 충족시켜줄 텐데, 그건 버림받을지 모른다는 두려움이 나의 이성을 능가하고 그러한 비정상성이 나를 흥미로운 인물로 만든다고 고집스레 믿기 때문이다.

눈을 들어 유리를 본다. 얼굴이 분노로 시뻘게졌고, 그에게서 그런 게 가능하리라고 상상도 못 했던 난폭함에 얼굴이 일그러졌다. 그런데 뜻밖에도 다정하게 내 손을 잡고 볼을 쓰다듬는다. "그 자식이 어느 정도로 널 이용해먹고 고통을 주는지 알고 있지? 죄인은 네가 아니고 그놈이야! 너는 미치지도 않았고 갇힌 것도 아니야. 자신에 대한 신뢰를 되찾고 그 작자를 떠나버리면 그만이야."

G는 내가 자신에게서 벗어나고 있다는 걸 눈치챈다. 내가 더는 자신의 영향력 아래에 있지 않다고 느끼는 건 그로서는 참을 수 없는 일이고, 그건 분명하다. 하지만 나는 유리와 나눈 대화에 대해 그에게 아무런 말도 하지 않았다. 처음으로 G는 필리핀에 함께 가자고 제안했다. 그 나라가 자신이 책에서 묘사한 악마의 소굴과는 아무런 관련이 없음을 증명하고 싶어서다. 특히 그는 우리, 그와 내가 멀리로, 세상의 저 끝으로 떠나보기를 원한다. 애니웨어 아웃 오브 더 월드. 우리를 되찾고, 첫날처럼 다시 서로를 사랑하기 위해. 나는 경직된다. 수락하자니 겁나지만 그러고

싶다는 억누를 길 없는 욕구를 느낀다. 어쩌면 내 악몽이 사라지는 것을 보게 될지도 모른다는, 그가 쓴 어떤 책들에 나와 있는 구역질 나는 온갖 묘사들이 몽환, 도발, 허풍일 뿐임을 발견할지도 모른다는 헛된 희망을 품어서일 거다. 마닐라에 아동 매매란 존재하지 않고, 존재했던 적도 없었음을 발견할지도 모른다는. 마음속 깊은 곳에서는 그럴 리가 절대 없고, 함께 거기 가는 건 미친 짓이리라는 걸 잘 안다. 우리의 잠자리를 열한 살짜리 어린 사내아이와 나누자고 요구하려나? 어쨌든 그가 감히 어머니에게 이런 몰상식한 제안을 하자, 어머니가 침착히 똑 부러지게 거절해버렸다. 미성년자라서, 어머니가 허락하지 않으면 프랑스를 떠날 수 없다. 이런 결정을 내려준 덕분에 나는 엄청난 무게의 짐을 던다.

얼마 전부터 G는 내게 이해 능력이 없는 것 같다며 허구와 현실 사이의, 글과 진짜 삶 사이의 그 간극을 줄곧 강조한다. 내가 육감을 통해 그의 거짓말을 간파하는 일이 점점 더 잦아지자 단서들을 뒤섞어버려 그러한 육감을 훼방하려 애쓴다. 심리 조종자로서의 그의 재능이 얼마나 폭넓은지, 그가 자신과 나 사이에 날조된 이야기들을 쌓아

올려 얼마나 높은 산을 만들어낼 수 있는지를 차츰차츰 발견해나갔다. 그는 비범한 전략가이자, 매분 매초 계산가이다. 그의 지성 전부가 자신의 욕망 충족과 그런 욕망을 책으로 만들기에 집중된다. 진정, 이 두 가지 동기만이 그의 행위들을 이끈다. 성적 쾌락 느끼기와 글쓰기.

음험한 생각 하나가 머릿속에서 싹을 틔우기 시작했다. 완벽하게 믿을 만한, 나아가 확실한 논리를 갖춘 만큼 더더욱 견딜 수 없는 생각. 일단 모습을 드러내자, 그 생각은 집요한 모습을 띤다.

우리 주위에서, 익명의 고발장을 줄줄이 보냈을 거라는 의심을 한 번도 받아본 적이 없는 인물로는 G가 유일하다. 고발장의 빈번함과 은밀한 사생활을 까발리는 그 내용으로 인해, 우리가 써나가는 사랑 이야기의 초창기가 무척이나 위험하고 몽상적인 성격을 띠게 됐다. 둘만 빼고 모두가 반대하는 상황에서, 건전한 사람들의 증오에 맞서 하나가 된 우리로서는 경찰의 의심에 용감히 맞서고, 경찰의 꼬치꼬치 캐묻는 눈길에서 빠져나가야 했을 뿐만 아니라, 하나로 뭉쳐 적이 되어버린, 질투에 불타 우리를 지켜보는 천 쌍의 눈으로 무장한 괴물이 되어버린 내 주변 사람 모두를 의심해야만 했다. 이러한 편지들이 G에게보다도 더 도움이 된 사람이 누가 있었겠는가? 우리 둘을 시칠리아의 두 가문 사이의 증오보다도 더 단단하게 결합시키고, 또 자신에 대해서 조금이라도 비판적인 사람은 모두 내게서 돌이킬 수 없이 멀리 떼어놓고 난 뒤, G는 그 편지들을 다음번 소설에서 재활용하고 일기에 통째로 실을 수도 있는 일이다(그러고도 남을 인물이긴 하다). 물론 그런 장난은 위험했다. 어쨌든 감옥행이 될 수도 있으니까. 하지만 그런 수고를 할 만했으니, 문학작품을 생각하면 둘도 없는 극적 전개요, 깜짝 놀랄 반전이요, 더할 나위 없는 소재가 아니런가! 체포될 경우라도, 그로서는 격앙된 내가 나의 사랑을 울부짖고, 단속이 느슨한 나라로 가서 결혼하자고 시끌벅적하게 요구하고, 친권 해제를 주장하고, 주요 공직자들과 유명 인사들을 끌어들여 우리의 명분을 옹호하리라는 것을 기대할 만했다…… 그랬더라면 그 얼마나 위풍

당당했으려나! 그러기는커녕 수사관들은 예상보다는 의혹을 덜 가졌고, 건전한 시민들은 더 이상 '어린 V'에게 관심을 두지 않고 다시 일상의 흐름에 올라탔으며, 주변에서 드물게나마 터져 나오던 분노는 점점 희미해졌다. 이제 와서 가만히 생각해보니, 착각일 수도 있겠지만, 분명한 건 바로 그 시기, 경찰이 그에 대해 쥐고 있던 고삐를 마침내 놔버린 그때부터 권태와 우리의 이야기에 대한 무관심이, 처음에는 비록 미미하게나마, 그에게 스며들기 시작했던 것 같다.

한 번, 꼭 한 번, 그전까지는 머릿속을 스치고 지나간 적
도 없던 질문을 감히 그에게 던져본다. 이 엉뚱한 질문은,
나의 젊음으로 인한 것이 아니라면 젊은데도 불구하고, 필
연적으로 대두되었다. 내 안에서 그 질문이 꿈틀대고만 지
금, 구명대에 매달리듯 그 질문에 매달린다. 그 질문을 통
해 조금이라도 G와 나의 닮은 점을 발견할 수 있으리라는
희망을 품어서다. 아무리 조심스럽더라도 그 질문을, 그의
두 눈을 똑바로 바라보면서 떨지도 말고 주춤거리지도 말
고 그 질문을 해야 한다.

세상에서 배척당한 사람들을 위한 우리의 호텔 방에 나

란히 누워 내밀하고 고요한 순간을 함께 나눈다. 다툼도, 불평도, 눈물도, 쾅 소리를 내며 닫히는 문도 없는 순간. 서글픈 뭔가가 우리 둘 사이에 내려앉았다. 끝이 다가오고 있다는 확신, 끝없이 서로를 찢어발기는 피로감. G가 내 머리카락을 쓰다듬는 동안 과감히 입을 연다.

어린 시절 혹은 청소년 시절에 그에게도 이렇게 '이끌어주는' 역할을 한 어른이 있었을까? 나는 일부러 '강간' '성 학대' '성폭행' 같은 말들을 입에 올리는 건 자제한다.

그러자 깜짝 놀라게도 G는 그렇다고, 누군가 있었다고, 그가 열세 살 때 꼭 한 번, 그의 가족과 가까운 어떤 남자가 있었다고 고백한다. 이런 사실을 털어놓는데도 감정의 움직임이 전혀 없다. 미세한 감정의 동요조차도. 그의 책에는 그런 기억에 대한 아무런 흔적도 남아 있지 않다고 적어 내려가고 있는 지금, 내가 틀렸다고 생각하지 않는다. 그런데 그 진술은 특히 많은 것을 설명해주는 자전적 요소이다. 뼈아픈 대가를 치러가며 깨달은 바로는, G의 문학적 행보는 늘 그 목적이 자신에 대해 가장 미화하는 방식으로 현실을 왜곡하는 것이었다. 자신에 대한 아주 작은 단 한 조각의 진실도 절대로 드러내지 않는다. 혹은 진정한 정직성을 주장하기에는 너무 지나친 너그러움이 보인다. 이 미미한 진정성의 순간, 우리 둘 사이에서 오간 이 예기치 않은 말, 그건 그가 자신도 모르는 새에 내게 준 선물이다. 나는 다시 대등한 인격체가 되고, 한낱 그의 쾌락의 대상이 더는 아니며 그의 역사의 비밀 한 조각을 손에 쥔 여자, 그를 판단하지 않으면서 어쩌면 그의 말을 들어줄 수 있는 여자이다.

그를 그 누구보다도 더 잘 이해할 수 있는 여자.

유리라는 호의적인 존재와 그의 관심, 2년도 더 넘게 소원하게 지냈다가 머뭇머뭇 다시 관계를 맺게 된 얼마 안 되는 충성스러운 친구들, 내 나이 또래의 그들과 함께 춤추러 가고 웃고 싶다는 욕구, 이 모든 것이 G의 영향력을 압도하기 시작한다. 속박이 느슨해지며 사악한 왕국의 정글은 다른 세계에 자리를 내주고, 그 세계에서는 태양이 빛나며 내가 도착하기만 하면 축제가 시작될 참이다. G는 한 달 예정으로 떠났다. 새로 집필하기 시작한 책의 진도를 뽑아야만 한다. 마닐라에 가서 즐기는 일은 절대 없을 거야. 그가 위선적으로 맹세했다. 유리는 매일 G를 떠나라고 다그치지만, 그가 출발하기 전에 그와 정면으로 맞서는 건 할 수가 없다. 나는 무엇이 두려운 걸까? 그의 부재를 틈타 편지를 남기고 떠난다. 우리의 이야기는 시작될 때 그랬듯이 둘 사이에 편지가 개입되면서 끝나리라. 마음 깊은 곳에서는 그도 이런 결별을 예상했다고 느낀다. 심지어 그것을 바라고 있다고도. 견줄 데 없는 전략가라고 말하지 않았던가.

하지만 상황은 정반대로 전개된다. 그의 글에 따르면, 필리핀에서 돌아오자마자 내 편지가 그를 무너뜨린다. 그로서는 이해가 되지 않는다. 그에 대한 나의 사랑은 여전하고, 내가 쓰는 단어 하나하나에서 그런 감정이 묻어난다. 그런데 어떻게 가장 아름답고 순수한 우리의 이야기를 종결지을 수 있는 거지? 그는 전화를 해대고 편지를 보내며 나를 괴롭히고, 다시 거리에서 나를 기다린다. 관계를 끊겠다는 나의 결심에 격분한다. 그는 나만을 사랑한다. 다른 여자아이는 그 누구도 존재하지 않는다. 필리핀으로 말하자면, 흠잡을 데 없는 정절 그 자체였다고 맹세한다. 하지만 이제는 그런 게 문제가 아니다. 그와 그의 무분별한 행동 따위는 아무래도 상관없다. 내가 추구하는 건 나의 구원이지 그의 구원이 아니다.

어머니에게 G를 떠났다고 알리자, 어머니는 처음에는 말없이 가만히 있다가 슬픈 표정으로 이런 말을 뱉는다. "확신이 서니? 가여운 사람, 그 사람은 너를 사랑하는데!"

5부

흔적

"첫사랑을 거치며 연약해진 우리 마음은 첫사랑이 낸 길을 따라
다음 사랑으로 옮겨 가는데, 사랑의 증세와 고통이 똑같이 나타남에도
첫사랑이 우리에게 치유 수단을 주지 않는다는 건 신기하다."

마르셀 프루스트,《갇힌 여인》

G는 그때까지도 낮이고 밤이고 가리지 않고 내가 자신과의 관계를 끊지 못하게 해달라고 어머니에게 애원했지만, 곧 싸우다 지쳐, 편지를 보내거나 어머니 집으로 전화를 걸어 나를 못살게 구는 일을 그만뒀다.

내 삶에서 그가 차지했던 자리를 유리가 차지했다. 그는 G와의 관계를 끊어내고, 나의 결심을 되돌리려는 G의 광적인 시도에 맞서 저항할 수 있는 용기를 줬다. 열여섯 살이 되면서, 어머니와 함께 작은 아파트에서 살고 있는 유리의 집에 정착했다. 나의 어머니는 반대하지 않았다. 어머니와 나의 관계는 순탄하지 않다. 잊을 만하면 한 번씩,

나를 충분히 보호하지 못했다는 비난을 어머니에게 퍼붓는다. 어머니는 그러한 원망이 부당하며, 자신은 나의 바람을 존중해서 내가 원하는 대로 삶을 꾸려가게 됐을 뿐이라고 대꾸한다.

"그 사람이랑 잠을 잔 건 넌데, 사과해야 하는 건 나니?"

어느 날 어머니가 이런 말을 던진다.

"학교를 거의 제대로 다니지 않아서 몇 번씩이나 중학교에서 퇴학당할 뻔했는데, 어쨌든 그런 게 전조 아닌가! 최상의 세계에서 모든 게 최선이 아니었다는 걸 알아차릴 순 없었나요?"

하지만 대화가 불가능하다. 논리적으로 따져보면, 어머니는 G와 나의 관계를 인정했고, 그건 나를 벌써 어른으로 간주했다는 것이다. 따라서 그 선택에 대한 책임은 오롯이 나의 몫인 거다.

이제 내게는 오로지 단 하나의 소망이 있을 뿐이다. 정상적인 삶을, 내 나이에 맞는 청소년의 삶을 다시 시작하기, 특히 물의를 빚지 말기, 모두와 마찬가지로 평범해지기. 지금부터는 상황이 훨씬 수월해지겠지. 이제 나는 고등학교를 다닌다. 다시 수업을 듣고, 몇몇 학생들의 삐딱한 시선을 무시하고, 교사들 사이에서 돌기 시작한 소문, "이번에 입학한 저 여자애, 봤어? 중학생일 때, G. M.이 하교 시간에 맞춰 매일 데리러 왔다는 것 같아. 프레베르 중학교에서 근무하는 동료 교사들이 그렇게 말하던데……. 생각해봐, 부모가 그냥 내버려뒀다니!" 따위는 신경 쓰지 않으련다. 어느 날, 다음 수업까지 틈이 생긴 학생들이 빈둥거리고 있는 카페 카운터에서 커피를 마시고 있는데, 교사 한 명이 내 옆에 자리를 잡는다. 교무실에서 내 이야기가 화제가 되고 있다고 알려준다. "너로구나, G. M.과 사귀었다는 여자애가? 그 작가 책을 몽땅 읽었단다. 그 작가 팬이거든."

그에게 이렇게 답할 수 있다면 정말 짜릿하리라. "아, 그래, 넌 추잡한 돼지로구나, 그래……." 하지만 됐다, 이제는 잘 보여야만 한다. 예의 바르게 미소를 보내며 그가 내 가슴에 던지는 음탕한 눈길을 잊으려고 애쓰면서 자리를 뜬다.

오명을 씻는 일은 쉽지 않다.

또 하루는, 어떤 작자가 고등학교 근처 골목에서 나를 멈춰 세운다. 내 이름을 알고 있다. 몇 달 전, 동네에서 내가 G와 함께 있는 모습을 보았다는 이야기를 한다. 음란한 말 한 무더기를 쏟아붓더니, G 덕분에 내가 잠자리에서 할 줄 알고 있을 게 틀림없는 온갖 것들에 대해 허황한 얘기들을 늘어놓는다. 사드 소설의 진정한 주인공이로구나!

어떤 중늙은이들은 그 무엇도 아니고, 철저히 타락한 어린 여자아이라는 생각만으로도 최고로 흥분한다.

뛰어서 달아난 나는 눈물을 매달고 교실로 들어선다.

유리는 나의 우울증 발작이 내가 감당하기에는 벅차다고 생각하기 시작하고 내가 그런 발작을 겪어야 하는 게 부당하다는 생각까지 해서, 그걸 막기 위해 할 수 있는 걸 한다. "널 봐, 넌 젊고 삶이 네 앞에 있어. 웃어봐!" 그런데 나는 마치 모든 게 순조로운 양 굴고, 사람들의 관심을 딴 데로 돌리느라 진을 빼는 분노 덩어리일 뿐이다. 그러한 분노를 잠재우려 애쓰고 그 분노를 내게로 돌림으로써 숨긴다. 내가, 죄인이다. 낙오자, 창녀, 헤픈 년이다. 어린 여자아이가 사랑에 빠져서 보낸 편지들은 마닐라로 떠나는 전세 비행기에 올라탄 개자식들이나 보이스카우트 소년 대원의 사진을 보며 성기를 문질러대는 개자식들에게 보증서 노릇이나 할 뿐인데, 그런 편지들을 남긴 나는 소아성애자의 공범이지 않나. 이런 번뇌를 더는 숨길 수 없을 때 우울증 상태로 빠져들면서 한 가지만을 바라게 된다. 지구상에서 사라져버리기.

그런 걸 알아볼 수 있는 사람은 아마도 유리뿐인 듯하다. 그는 스물두 살짜리다운 혈기로 나를 사랑하나, 그 무엇보다도 좋아하는 건 사랑을 나누는 것이다. 그렇다고 어떻게 그를 원망하겠는가?

그 시기에 성에 관해서 나는 절대 권력과 무기력증 사이에서 흔들린다. 때로는 도취감이 나를 꿰뚫는다. 그 모든 힘이라니! 한 남자를 행복하게 만드는 건 너무나 쉽구나. 그러다가 갑자기 오르가슴의 순간에 뚜렷한 이유 없이 눈물이 쏟아진다. 그가 운다고 걱정을 하면, 해줄 수 있는 답이라고는, 너무 행복해서, 이게 전부다. 그러다가 그가 만지는 걸 참아내지 못하는 날들이 며칠이고 이어진다. 그러고 나면 악순환이 다시 시작되고, 이 속세에서의 나의 임무, 그러니까 남자들에게 쾌락을 안겨줘야 한다는 나의 임무가 떠오른다. 그게 나의 조건이고 나의 신분이다. 그러면 다시금 열성적으로, 스스로도 설득되고 만 엉터리 신념을 갖고 서비스를 제공한다. 나는 그런 척한다. 사랑을 나누는 걸 좋아하는 척, 그 행위에서 쾌락을 느끼는 척, 이 모든 동작들이 무슨 의미인지 아는 척한다. 마음속 깊은 곳에서는, 다른 아이들은 이제 겨우 첫 경험을 할 시기에 이렇게나 자연스럽게 그런 동작들을 취한다는 게 부끄럽다. 내가 한 단계를 건너뛰었음이 확연히 느껴진다. 너무 빨리, 너무 일찍, 좋지 않은 사람과 그 길을 갔다. 그 모든 내밀한 순간들, 그걸 처음으로 함께 나눈 사람이 유리였더라면 좋았을걸. 나를 이끈 사람, 첫 번째 애인, 첫 번째 사랑이 그였더라면. 나는 감히 이런 속마음을 털어놓지 않는다. 아직은 나에 대해, 그에 대해 충분한 신뢰가 없다.

특히 그와 사랑을 나눌 때마다 쫓아내지 못하는 이미지, 그게 G의 이미지임을 그에게 말할 수 없다.

그런데 G는 내게 최고의 추억을 남겨주겠노라고 약속하지 않았던가.

여러 해 동안, 잡념 없이 성관계를 가져보려고 애를 쓸 때 상대방 남자아이들이 아무리 배려를 해도, 쥘리앵과 내가 멈췄던 그 지점에서부터 다시 시작하는 데 성공하지 못한다. 대등하게 순진한 발견과 쾌락을 공유하던 그 순간을 되찾지 못한다.

훨씬 더 나중에, 좀 더 원숙미와 용기를 발휘해 다른 전략을 택하게 되리라. 모든 진실을 털어놓고, 아무런 욕구도 없고 자신의 육체가 어떻게 작동하는지도 모르며, 그저 자신이 자신과 무관한 유희의 도구가 되게끔 학습한 인형처럼 느껴진다고 고백하기.

매번 그런 고백은 결렬로 끝이 나게 되리라. 그 누구도 부서진 장난감을 좋아하지 않는다.

1974년, 그러니까 우리가 만나기 12년 전에 G는《열여섯 살 미만》이라는 에세이를 발표한다. 미성년자의 성 해방을 옹호하는 일종의 선언문으로, 물의를 빚는 동시에 그에게 유명세를 안겨준다. G는 극도로 유독한 이 팸플릿을 통해 자신의 작품에 악마적 측면을 부가함으로써, 자신의 작업에 더 많은 관심이 쏠리게 만든다. 그의 친구들이 사회적 자살행위라고 간주한 그 텍스트 덕분에 그는 오히려 자신의 존재를 대중에게 알리면서 작가로서의 경력을 쌓기 시작한다.

우리가 헤어지고 나서 여러 해가 지난 뒤에서야 그 텍

스트를 읽었고, 그것의 영향력을 알게 되었다.

G가 특히 팸플릿에서 옹호하고 있는 주장은 윗사람이 젊은이들을 성에 입문시키는 것이 사회가 권장해야 할 선행이라는 것이다. 이러한 관습은 심지어 고대에 널리 행해졌으니, 청소년의 선택과 욕망의 자유를 인정하는 증표가 되리라.

G는 "나이 어린 청소년들은 유혹적이다. 그들은 또한 유혹을 당한다. 나는 아주 사소한 성행위도, 아주 사소한 애무도 교활한 꾀나 힘을 사용하여 이끌어낸 적이 결코 없다"라고 팸플릿에 기술하고 있다. G는 미성년자의 윤락 행위에 관해 꼼꼼하게 따지고 들지 않는 나라에서 그러한 성행위와 애무를 돈을 주고 샀던 그 모든 경우들을 망각했나 보다. 그가 그런 정황에 대해 검은색 수첩에 남긴 묘사들을 믿는다면, 필리핀의 아동들은 순수한 욕망 때문에 그에게 달려든다고 생각할 판이다. 그가 무슨 커다란 딸기 아이스크림이라도 되는 것처럼. (서구의 그 모든 어린 부르주아들과는 달리 마닐라에서는 아동도 성 해방을 구가한다.)

《열여섯 살 미만》은 풍습의 완전한 자유화와 사고의 열

럼을 열렬히 옹호하며, 그로부터 성인의 청소년에 '대한' 성적 소유가 아니라 당연히 청소년과 '함께하는' 성적 즐거움의 허용으로까지 나아가려고 한다. 근사한 기획. 아니면 가장 악질적인 궤변? 이 팸플릿이든, 아니면 3년 뒤 G가 발표하게 될 청원문이든 간에 진정 꼼꼼히 들여다본다면, G가 옹호하는 것은 청소년의 이해관계가 아니다. 청소년과 성관계를 가졌다고 '부당하게' 처벌당하는 성인들의 이해관계이다.

G가 자기 작품 속에서 스스로 떠맡기를 좋아하는 자선가의 역할이란 프로, 노련한 전공자, 대놓고 말한다면 노련한 실무가가 젊은이들을 성의 즐거움으로 이끄는 것이다. 실제로 이 비범한 재능이란 것은 상대방에게 고통을 주지 않는 것에 국한된다. 그리고 고통도 강압도 없을 시, 잘 알려져 있다시피, 강간은 성립되지 않는다. 그 행위의 고난도는 전부 다 그러한 황금률을 위반하지 않고 준수하는 데에 있다. 육체적 폭력은 반발심을 불러일으키는 추억을 남긴다. 그건 잔혹하지만 확실하다.

반면에 성 착취는 당하는 사람이 명확히 인식하지 못한 가운데 은밀하고 우회적인 방식으로 표출된다. 성인과 성인의 관계에서는 '성 착취'를 거론조차 않는다. 오히려 '약자' 착취, 그렇다, 가령 노인, 소위 취약한 사람을 대상으로 한 착취는 거론된다. G에게서 드러나는 그런 심리 프로파일을 가진 사람들이 취약성이라는 이렇게 미세한 틈을 비집고 슬며시 파고든다. 바로 이러한 요소가 '동의'라는 개념을 위태롭게 만든다. 아주 빈번하게, 성 착취와 약자 착취, 이 두 가지 경우에서 동일한 현실 부정을 만나게 된다. 즉 스스로를 희생자로 바라보기를 거부한다. 그리고 실제로도, 동의했다는 것을 부인할 수 없는데 어떻게 자신이 착취당했음을 인정할 수 있겠는가? 이 경우, 상대방 성인에 대해 욕망을 느꼈고 그 성인이 재빨리 그러한 욕망을 이용했다면? 나에게서 희생자의 모습을 발견할 수 없어서, 나역시 여러 해 동안 그 개념을 붙들고 씨름을 하게 되리라.

사춘기, 청소년기는 관능이 폭발하는 시기이고, 그런 점에서는 G가 옳다. 성이 모든 것 안에 존재하고, 욕망이 넘쳐흐르고 엄습하고 파도처럼 밀려들어 지체 없이 충족되어야만 하고, 상대와 함께 나누기 위한 만남만을 기다린다. 하지만 어떤 격차는 줄어들 수 없다. 아무리 온갖 선의를 들이대도 성인은 성인인 것이다. 그의 욕망은 청소년이 그 안에 갇히면 빠져나올 수 없는 덫이다. 어떻게 성인과 청소년이 자신의 육체와 욕망에 대한 지식 수준이 같을 수 있겠는가? 게다가 취약한 청소년은 늘 성적 만족에 앞서 사랑을 갈구하리라. 자신이 갈구하는 애정 표시를 받고서 (혹은 자기 가족에게 부족한 돈을 받고서) 쾌락의 대상이 되기를 수락할 테고 그럼으로써 오랫동안 주체, 행위자, 그리고 자기 성(性)의 주인이 되기를 거부하게 되리라.

일반적으로 성 맹수, 특히 소아 성범죄자는 자신이 저지른 행위가 위중하다는 것을 부인하는 특징을 보인다. 스스로를 (어린아이에게 혹은 꼬리치는 여자에게 유혹당한) 희생자로 혹은 (희생자들에게 선행만을 베푼) 선행가로 여긴다.

G를 만나고 난 뒤 읽고 또 읽었던 나보코프의 소설《롤리타》에서는 오히려 독자를 어리둥절하게 만드는 고백을 목도한다. 험버트 험버트는 재판 직전, 자신이 죽음을 맞이하게 될 정신병원에 처박혀서 고백 글을 남긴다. 스스로에게 너그러운 것과는 거리가 먼 글이다.

롤리타로서는 적어도 이러한 사죄를 받았으니, 그녀에

게서 젊음을 빼앗아 갔던 의붓아버지가 직접 제 입으로 자신의 죄를 인정했으니, 얼마나 다행인가. 이런 고백의 순간에 그녀는 이미 죽고 없다는 것이 유감이지만.

소위 '청교도주의로 회귀'하는 이 시기에, 나보코프의 소설 같은 작품이 발표된다면 반드시 검열에 부딪히게 되리라는 말을 종종 듣는다. 하지만 내 생각에 《롤리타》는 소아성애 옹호론이 절대 아니다. 오히려 이 문제에 관해 읽을 수 있는 가장 강력하고 효과적인 단죄이다. 사실 나보코프가 소아성애자였을 수도 있다는 의심은 늘 가지고 있었다. 물론 이렇게 불온한 주제—처음에는 자신의 모국어로 집필한 《매혹자》라는 작품에서, 그다음에는 여러 해 뒤에 세계적인 성공을 거두며 아이콘이 되어버린 이 《롤리타》에서, 이렇게 두 번 매달렸던 주제—에 대한 그 끈질긴 관심에는 의심을 일깨우는 측면이 있다. 나로서야 알 길이 없지만, 어쩌면 나보코프는 어떤 풍조에 반대해 싸웠을 수 있다. 그렇지만, 롤리타에게서 드러나는 그 모든 무의식적 도착증에도 불구하고, 그녀가 유혹의 장난을 펼치고 젊은 여배우처럼 아양을 떨어댐에도 불구하고, 나보코프는 결코 험버트 험버트를 선행가로, 하물며 좋은 사람으로 여기게 만들려고 애쓰지 않았다. 주인공이 예쁘고 어린 여자아이들에게 품는 정열, 평생 그 인물을 괴롭혀온 억누를 수 없는 병적 정열을 소재로 만들어낸 이야기는 오히려 준엄한 통찰력을 보여준다.

G의 작품들을 보면 그 어떤 참회와도, 그 어떤 문제의식과도 거리가 멀다. 티끌만 한 후회도 없고, 그 어떤 회한도 없다. 그의 책을 읽다 보면 그가 이 세상에 태어난 이유는, 옹졸한 문화가 청소년에게 인정해주지 않은 육체적 성숙을 가져다주고 청소년 스스로 자신을 활짝 열어젖히게 이끌고 그들의 관능을 발굴하고 타인에게 자신을 주는 동시에 타인을 받아들일 수 있는 능력을 개발해주는 데 있나 싶을 정도다.

그만큼의 자기희생이라면 뤽상부르 공원에 그를 기리는 조각상 하나를 세워줄 만하리라.

G를 겪으면서 대가를 지불하고 알게 된 것은 사랑한다고 주장하면서 사랑하는 사람들을 가둬둘 수 있는 함정 혹은 배신의 가장 둔탁한 도구가 책이 될 수 있다는 것이다. 그가 나의 삶을 거쳐 가는 통에 나의 심신이 충분히 황폐해지지 않았다는 듯이, 이제 그는 기어코 자료를 수집하고 왜곡하고 기록하며 자신의 악행을 영원히 새겨둔다.

　　자신의 모습이 사진으로 찍히는 것에 대한 원시 부족의 공포 반응은 웃음을 자아낼 수 있다. 허위의 재현물, 자신을 단순화한 해석, 괴이하고 찌그러진 사진 속에 빠져버렸다는 그런 감정, 나는 그 모든 것을 누구보다도 더 잘 이해한다. 타자의 이미지를 그처럼 거칠게 탈취해 가는 것, 그건 그 사람에게서 영혼을 훔쳐 가는 것이다.

내가 열여섯 살에서 스물다섯 살이 될 때까지 잠시의 쉴 틈도 허락하지 않고 G의 글이 연달아 서점에 깔린다. 내가 주인공이라고 여겨질 만한 소설 한 권. 그다음에는 우리가 만나던 시기를 담아내면서 열네 살에 내가 쓴 편지 몇 통을 포함시킨 일기. 2년의 간격을 두고 나온 이 일기의 문고판. 내 편지도 포함된 결별 편지 모음집. 그가 내 이름을 떠벌려대는 텔레비전 인터뷰나 신문에 실린 기사들은 꼽지 않아도 그 정도다. 그 뒤로도 우리의 이별에 관해 강박적으로 되씹는 또 다른 그의 일기가 이어지게 되리라.

어떤 정황에서 그 출간물들의 존재를 알게 되든지 간에 (늘 선의로 출간 사실을 알려주는 인물이 존재한다), 그것들 하나하나가 성추행에 가깝다. 세상 사람 모두에게 그건 평화로운 호수 위에서 날아다니는 나비의 날갯짓에 불과하지만, 내게는 지축의 흔들림, 모든 토대를 뒤집어엎는 눈에 보이지 않는 지진, 결코 아물지 않는 상처에 꽂힌 칼날, 내가 살면서 앞으로 나아갔다고 생각하고 있는데 되돌려놓는 백 걸음이다.

대부분이 우리의 결별에 관한 이야기로 채워진 그의 일기를 읽고 나는 어마어마한 공황발작을 일으킨다. 이제 G는 자신에게 가장 유리한 프리즘을 통해 바라본 우리 관계를 만천하에 내놓음으로써 우리 관계를 도구로 사용한다. 그의 세뇌 시도는 마키아벨리적이다. 이 일기에서 그는 우리의 이야기를 완벽한 허구로 둔갑시켰다. 탕아에서 성인으로 거듭난, 성도착자였다가 치유된, 이제는 부정한 짓에서 손을 떼고 정절을 지키는 남자에 관한 허구, 체험과 무관한 글에 지나지 않는 허구, 당연히 있어야 할 시간 차이를 두고, 그러니까 삶이 녹아 사라지고 그 자리에 소설이 들어서는 데 필요한 시간을 두고 출간되는 허구. 난 배신을 저지른 여자, 그 이상적 사랑을 깨뜨린 여자, 그의 변모와 함께하기를 거부함으로써 모든 것을 망쳐버린 여자다. 그 허구를 믿으려고 하지 않았던 여자.

바로 첫 순간부터 그 사랑은 자체적으로 실패의 씨앗을 품고 있었고, G가 내 안에서 사랑했던 것은 오로지 찰나의 덧없는 순간인 나의 청소년기였으니 그 사랑에는 가능한 미래라고는 전혀 없었는데도, G가 그런 사실을 끝내

197

보려고 들지 않는 것이 놀라웠다.

수없는 거짓말과 악의에, 그리고 스스로를 희생자로 만들고 그 어떤 죄의식으로부터도 자신을 정당화하려는 그런 경향에 소스라치면서, 무력감과 분노가 뒤섞인 채 의식이 분리되고 제정신이 아닌 상태로, 단박에 그 글을 읽어 내려간다. 눈에 보이지 않는 힘이 신경얼기와 목구멍을 동시에 짓누르기라도 하는 것처럼 마지막 장은 호흡 곤란 상태로 읽어낸다. 생명력 전체가 이 비열한 책의 잉크에 빨려 들어가면서 내 몸을 떠나갔다. 발륨 주사만이 발작을 잠재운다.

알게 된 또 하나의 사실, 그건 내가 그와 다시 연락이 이어지는 것을 철저히 거부해도 G가 계속 나의 상황에 관한 소식을 은밀히 듣고 있다는 것이다. 누구를 통해서인지는 전혀 알지 못한다. 그는 일기의 몇몇 대목에서 내가 약물 중독자의 영향을 받고 있고, 그로 인해 내가 그를 떠날 때 자신이 예언했던 대로 지독한 타락으로 처박히게 되리라고 암시한다. 그런데 내 보호자였던 자신은 나를 젊기 때문에 저지르기 마련인 위험들로부터 떼어놓기 위해서 모든 노력을 기울였단다.

G는 여자아이들을 유혹하는 데 성공하고 나서 그 아이들의 삶에서 자신이 하는 역할을 그런 식으로 정당화한다. 그 아이들이 사회에서 낙오자, 쓰레기가 되는 걸 방지한단다. 그가 구제해주려고 애썼던 길 잃은 가여운 여자아이들이 얼마나 많던지, 비록 그 시도는 실패로 끝났지만!

그 당시 그 누구도, 나는 그 책의 출판인을 고소하고 비난할 수 있으며, 그는 내 동의 없이 나의 편지들을 출간할 권리가 없고, 사건 발생 당시 나는 미성년자였기에 이름과 성의 첫 글자뿐만 아니라 수만 가지 다른 사소한 사실을 통해서도 알아볼 수 있게끔 미성년자의 성생활을 만천하에 펼쳐놓을 권리가 없다고 말해주지 않는다. 처음으로 스스로가 희생자라고 느껴지기 시작하나, 꼭 집어서 그 말을 그 무력하고 막연한 상태에 붙여주지는 못한다. 우리의 관계가 지속되는 동안 그의 성적 충동을 만족시켜줬을 뿐만 아니라, 이제는 나의 의사에 반해 널리 작품을 홍보하라고 그에게 허락해준 꼴이 되어 그의 들러리 노릇을 하고 있다는 막연한 생각이 든다.

그 책을 읽고 나니, 살아보기도 전에 망가져버린 삶이라는 느낌이 사무치게 든다. 그 책에서는 나의 이야기를 펜으로 벅벅 그어버리고 꼼꼼하게 지운 뒤, 고쳐가며 대놓고 다시 쓰고는 수천 부를 찍어낸다. 온갖 조각들을 그러모아 창조해낸 이 책 속의 인물과 현실에 존재하는 실제의 나 사이에 어떤 관계가 있을 수 있으려나? 성인으로서의 나의 삶은 아직 형체도 다 갖추지 못했는데 나를 허구의 인물로 둔갑시켰다는 것, 그건 내가 날개를 펼치지 못하게 훼방 놓는 것이며, 말들의 감옥 속에 나를 가둬놓고 그 모습으로 살아가라고 강요하는 것이다. G가 그런 사실을 모를 수 없다. 그럼에도 불구하고 그런 사실 따위는 철저히 무시하고 있다는 느낌이다.

그가 나를 불멸의 존재로 만들었으니, 나는 뭐에 대해서 불평을 할 수 있을까?

작가라는 사람들이 사귈수록 늘 좋은 사람들인 건 아니다. 그들이 보통 사람들과 같다고 생각하면 큰 착각이리라. 같기는커녕 훨씬 더 나쁘다.

그들은 흡혈귀들이다.

이제 난 문학에 대한 약간의 마음마저도 모두 접는다.

일기 쓰기를 그만둔다.

책을 멀리한다.

다시는, 글을 써볼까라는 생각조차 않는다.

예견할 수 있었던 대로, 다시 일상에 발을 디디려던 나의 노력은 전부 실패한다. 공황발작이 더한층 거세게 밀어닥친다. 다시 두 번에 한 번꼴로 수업을 빼먹는다. 결석 때문에 두 차례 징계위원회가 소집되고 나서 교장이, 그때까지도 내게 놀라울 정도의 호의를 보여줬던 그 여성이 교장실로 소환한다.

"유감이에요, V. 내가 아무리 호의를 갖고 있어도 계속해서 편을 들어줄 수는 없을 것 같네. 교사들이 좋게 보질 않았어요. 반복적으로 결석을 함으로써 교사들의 권위를 인정하지 않고 그들의 역할을 부정한 셈이니까. (그들이

제대로 본 거다. 내가 어른들에 대해 갖고 있는 생각은 그들의 상상 이상이니까.) 게다가 좋지 않은 본보기까지 되고 있어서. 학생들 몇 명이 따라 하기 시작했어요. 이제는 이런 상황에 종지부를 찍어야만 합니다."

교장은 생활기록부에 퇴학이라는 기록이 남으면 안 좋은 영향을 미치게 될 테니, '일신상의 이유'를 들어 '자퇴'를 하고 개인 응시자 자격으로 바칼로레아를 치르라고 권한다. 결국 학교 교육은 16세까지만 의무이니까.

"할 수 있어요, V. 난 그 문제는 조금도 걱정하지 않아."

내게는 선택권이 없고, 난 받아들인다. 남들이 닦아놓은 길에서 벗어나 틀도 조직도 없는 속에서 사는 데 익숙하다. 이제는 고등학교 수업 시간표에 더는 얽매일 일도 없다. 그런 건 중요하지 않다. 마지막 학년을, 국립원격교육센터에서 우편으로 보내온 교재를 카페에 앉아 읽으면서 끝마친다.

저녁 시간은 자신을 잊고 춤을 추며 보낸다. 가끔은 질 나쁜 남자들과 어울리나 그에 대해 아무런 기억도 남기지 않는다. 유리에게 나의 존재적 위기감을 겪게 하는 일을 더는 견딜 수가 없어서 그를 떠나 다른 남자를 만난다. 그는 지적이고 다감하지만 삶에 호되게 치여, 나처럼 소리 없이 고통스러워하며 우울을 쫓아내기 위한 해결책을 인공 낙원에서만 찾아냈다. 나는 그를 따라 한다. 그렇다, 그렇게 나쁜 길로 빠지니, G가 옳다. G는 나를 거의 정신병자로 만들어놓았다. 나는 그 인물에 부합하려 든다.

그건 거의 갑작스레 예고 없이 닥쳤다. 인적 없는 골목을 따라 걸어가면서 머릿속에서 계속 맴도는 성가신 질문을, 며칠 전 머릿속으로 비집고 들어온 뒤로 내몰지 못한 질문을 곱씹고 있었다. 나의 실존에 대한 명확한 증거가 있나? 나는 정말 실재하나? 확실히 하기 위해서 먹는 일을 그만둬보기로 했다. 음식물을 섭취하는 것이 무슨 소용이 있나? 내 몸은 종이로 만들어졌고, 핏줄 속에는 잉크만이 흘렀고, 장기는 존재하지 않았다. 동화에 나오듯이. 굶은 지 여러 날이 지나자, 굶주림 대신 들어선다는 행복감이 낳은 최초의 효과가 느껴졌다. 이전에 겪어본 적 없는 가벼움도. 이제는 걷는 게 아니라 땅 위를 미끄러져 갔고, 만약 두 팔을 펄럭였다면 아마도 날아올랐으리라. 그 어떤 결핍도, 아주 미세한 위통도, 사과 한 알이나 치즈 한 조각을 마주해도 아주 미세한 감각의 호소도 전혀 느끼지 못했다. 나는 이제 물질계에 속하지 않았다.

그리고 이렇게 육체가 양분의 부재를 이미 버텨내고 있는데, 잠이라고 왜 필요하겠는가? 황혼부터 새벽까지 뜬 눈으로 보낸다. 더는 그 무엇도 낮과 밤 사이의 연속성을 끊어놓으려고 찾아오지 않았다. 욕실 거울에 내 모습이 아직 비치는지 확인하려고 욕실로 들어갔던 그날 저녁까지는. 희한하게도, 그랬다, 내 모습은 여전히 거기 비쳤으나, 새롭고 신기했던 건 몸속이 보인다는 거였다.

나는 기체로, 수증기로 변해서 사라지는 중이었다. 생물계로부터 뽑혀 나가는, 저속으로 뽑혀 나가는 것 같은 끔찍한 감각, 피부의 모든 구멍을 통한 영혼의 유출. 나는 밤새도록 골목을 돌아다니기 시작했다. 그 어떤 신호라도, 살아 있다는 증거라도 찾게 될까 싶어서. 내 주위에서 흐릿하고 몽환적인 도시가 영화 속 배경으로 바뀌었다. 내가 환각을 일으킨 건지, 맞은편 공원의 철책이 혼자서 움직이는 것 같더니, 속눈썹이 일정하게 느릿느릿 깜박이듯 초당 서너 개의 이미지를 보여주며 환등기처럼 뱅글뱅글 돌았다. 내 안에서는 무언가가 여전히 뻗대었고, 소리치고 싶은 욕구가 치밀었다. 누구 없어요?

그때 사람 둘이 건물 현관으로 불쑥 들어왔다. 두 사람은 무거운 조화(弔花)를 힘들게 들고 있었다. 그들이 입술을 움직였고, 말을 걸어오는 그들의 목소리가 귀에 들려왔지만, 그 말에서 어떤 의미도 알아차릴 수 없었다. 바로 몇 초 전만 해도, 살아 있는 사람들의 모습을 본다면 다시 현실에 매달리는 데 도움이 되리라고 생각했지만, 막상 잠든 도시의 움직임 없는 풍경에 맞닥뜨리니 훨씬 더 나빴다. 너무나도 찰나인지라 꿈을 꾼 것일 수도 있지만, 순간, 스스로 안심하고 싶다는 듯 그들에게 질문을 던졌다.

"실례지만, 몇 시인가요?"

"겁쟁이에게 내줄 시간은 없다." 손에 들린 번쩍거리는 색깔의 조화가 무거워 엉거주춤 몸을 굽힌 채 두 사람 중 한 명이 대꾸했다. 어쩌면 눈물 흘릴 시간은 없다, 라고 말했던 걸까?

짓누르듯 묵직한 슬픔이 나를 덮쳤다.

내 두 손을 들여다보니 뼈, 신경, 힘줄, 살, 그리고 내 살 갗 아래에서 우글거리는 세포들까지도 훤히 볼 수 있었다. 누구든지 내 몸을 꿰뚫어 볼 수 있었을 거다. 나는 먼지 같은 빛의 입자들이 모인 덩어리에 지나지 않았다. 내 주위의 모든 것이 가짜였고 나도 예외는 아니었다.

경찰 밴이 거리 모퉁이에 모습을 드러냈다. 제복을 입은 남자 둘이 거기에서 나왔다. 그들 중 하나가 다가왔다.

"대체 여기서 뭘 하고 있는 거죠? 한 시간 전부터 공원 주위를 돌고 있던데. 길을 잃었나요?"

내가 울고 있는 데다 겁에 질려 뒷걸음질을 치자, 그 경관은 자기 동료에게로 돌아가더니 차 앞좌석을 뒤져서 손에 샌드위치를 하나 들고 다시 다가왔다.

"배가 고픈가요? 자, 이걸 먹어요."

나는 꼼짝할 엄두도 내지 못했다. 그러자 그가 밴의 뒷문을 열면서 소리를 질렀다.

"어서, 안으로 들어와서 몸을 녹여요!"

안심을 시키려는 말투였지만, 그가 두 개의 좌석 중 하나를 가리키는 동안 내가 거기에서 봤던 건 오로지 나를 기다리고 있는 전기의자였다.

얼마나 오래전부터 나 자신의 흔적을 잃어버렸던 걸까? 왜 그렇게나 심한 죄의식을 쌓아 올리면서 '사형'을 당해 마땅하다고 믿기까지 했던 걸까? 전혀 짐작이 가지 않았다. 적어도, 새벽에 그 음울한 병원에서 정신을 되찾은 새벽엔 그랬다. 구석에 카메라가 놓인 병실에서, 수염을 기른 교수가 메시아의 말을 듣듯 그의 말을 경청하며 얼마나 숭배하는지를 확연히 보여주는 레지던트들을 거느리고서, 이곳 떠돌이 미치광이와 정신착란증 환자들과 거식증 환자들과 자살 기도자들과 탈진한 사람들의 서글픈 피난처로 나를 이끌었던 경험에 대해, 내가 막 겪었던 경험에 대해 물었다.

"환자분은 방금 자아 상실의 양상을 보이는 정신병의 우발증을 겪었답니다." 수염이 덥수룩한 남자가 말을 꺼냈다. "카메라에 신경 쓸 필요 없어요. 그보다는 어떻게 그 지경에 이르게 됐는지를 얘기해볼까요."

"그러니까, 이 모든 게, 진짜인가요? 아닌…… 거죠? 나는 허구가 아닌 거죠?"

그 뒤로, 수많은 서로 다른 삶들, 어찌나 조각이 났던지 그것들 사이의 아주 작은 연관성도 발견하기 힘든 그런 삶들을 살아온 것 같다. 뒤에 남은 과거는 한없이 멀다. 희미한 추억이 가끔 그 시기로부터 솟아올랐다가 곧 스러진다. 흔히들 말하듯이, 자신을 다시 일으켜 세우는 일은 끝이 없다. 내가 서툴러서 그럴 거다. 갈라진 틈이 여전히 입을 벌리고 있다.

그래서 내가 할 수 있는 만큼 나를 돌본다. 여러 해 동안 '말을 통한 치유'를 진행한다. 처음에는 내 목숨을 구해준 정신분석의와 함께. 그는 내가 병원에서 처방해준 약제를 거부하는 게 전혀 문제가 되지 않는다고 본다. 대입 자격을 취득하고 나서 1년을 그냥 흘려보내고 만 내가 다시 공부를 시작할 수 있게 도와준다.

기적. 친구가 내가 다니던 고등학교의 교장을 상대로 나를 변호하며 개입한 덕분에, 교장이 다시 나를 그랑제콜 준비반에 받아준다. 그들 둘 다에게 아무리 감사해도 충분하지 않으리라. 다시 본궤도에 올라서나, 내가 백지처럼 여겨진다. 텅 빈. 실체가 없는. 다시 한데 섞여 정상적인 삶을 살아보려고 가면을 쓰고, 나를 가리고 숨긴다.

누군가 내 과거를 조사하면, 흔들리는 몇 가지 이미지들이 또렷한 형체를 띠는 일 없이 두꺼운 안개로부터 솟아난다. 나는 흔적도 자국도 남기지 않으려고 한다. 유년기, 청소년기, 그에 대한 아무런 향수도 없다. 있어야 할 곳에 있지 못한 채 자신을 내려다보며 위에서 떠돈다. 내가 누구인지, 내가 무엇을 원하는지 모른다. 그저 흘러가는 대로 내맡긴다. 천 년은 산 것 같은 느낌이다.

나는 결코 '나의 첫 경험'에 대해서 말하지 않는다. 그래, 넌, 몇 살이었어? 누구랑? 아, 아, 네가 몰라서 그렇지……

내게는 아주 가까운 친구들이 몇 있다. 그들은 내 이야기의 증인이지만, 내 앞에서 내 삶의 그 시기를 건드리는 일은 아주 드물다. 과거는 과거다. 모두 극복해야 할 이야기가 있다. 그들의 이야기라고 늘 단순한 건 아니다.

그 뒤로 많은 남자들을 겪었다. 그들을 사랑하는 것은 어렵지 않았지만 신뢰하는 것, 그건 또 다른 이야기이다. 늘 방어적인 나는 종종 그들에게 있지도 않은 의도를 그들에게 부여했다. 나를 이용하고 조종하고 속이고, 그들 생각만 한다고.

남자가 내게 쾌락을 주려고, 게다가 이건 더 안 좋은데, 나를 통해 쾌락을 취하려고 할 때마다 늘, 어둠 속에 웅크리고 있다가 언제든지 나를 덮칠 태세인 일종의 혐오와, 전혀 그런 구석이 없는 행위에 내가 들씌우는 상징적 폭력과 맞서 싸워야 했다.

시간이 필요했다. 술이나 향정신성 의약품의 도움 없이도 남자와 잘 지내기 위해서. 두 눈을 감고서 나를 또 다른 육체에 내맡기는 일을 아무런 저의 없이 받아들이기 위해서. 나 자신의 욕망이 뻗어나가는 길을 되찾기 위해서.

함께 있으면 전적으로 안심이 되는 남자를 마침내 만나게 되기까지 시간이, 여러 해가 필요했다.

6부

글을 쓰다

"언어는 늘 아무나 입장할 수 없는 사냥터였다.
언어를 소유한 자가 권력을 소유하리라."

클로에 들롬, 《내 친애하는 자매들》

출판계로 빠지기 전에 온갖 종류의 일을 거쳤다. 무의식은 믿을 수 없을 만큼 교활하다. 오랜 세월 동안 책을 피해 돌고 돌다가 책들이 다시 친구가 되었다. 책 만드는 일을 직업으로 삼는다. 결국 내가 제일 잘 아는 것, 그건 책들이다.

어쩌면 나는 뭔가를 바로잡으려고 애쓰며 모색 중인가 보다. 하지만 무엇을? 어떻게? 다른 사람들이 쓴 텍스트들을 위해 나의 에너지를 사용한다. 무의식적으로 여전히 답을, 내 이야기의 흩어진 조각들을 찾는다. 그렇게 수수께끼가 풀리기를 기다린다. '어린 V'는 어디로 갔을까? 누군가 그 아이를 어디에선가 봤을까? 가끔 어떤 목소리가 심연에서부터 솟구치며 내 귀에 속삭인다. "책은 거짓말이야." 이제는 누군가가 나의 기억을 삭제하기라도 한 것처럼 그런 말에 더는 귀를 기울이지 않는다. 드문드문 반짝거린다. 이곳 혹은 저곳에 자잘한 조각이 있다. 나는 생각한다. 그래, 이거야, 어쩌면 이 글줄 사이에, 이 말들 뒤에, 나의 작은 조각이 있는 건가 봐. 그래서 나는 주워 모은다. 수집한다. 나를 다시 세워나간다. 어떤 책들은 최상의 약제들이다. 그 사실을 잊었더랬다.

드디어 자유로워졌다고 생각하고 있을 때 늘 G는 지배력을 되살리려고 애쓰며 나의 흔적을 되찾는다. 내가 어른이어도 소용없다. 누군가 내 앞에서 G의 이름을 입에 올리는 순간 굳어버리고, 그를 만났던 시기의 그 여자아이로 다시 돌아간다. 나는 평생 열네 살이리라. 그리될 수밖에 없다.

G는 내가 사는 곳을 몰라서 어머니 집으로 계속 편지를 보낸다. 어느 날 어머니가 그중 한 통을 내민다. 나의 무반응, 그의 연락을 전적으로 차단해도 그는 절대 낙담하지

않는다. 그는 그 서신에서 믿어지지 않을 정도의 뻔뻔함으로, 자신의 팬 한 명이 벨기에의 출판사에서 그의 전기 출간을 준비하고 있다면서, 거기에 나의 사진들을 실어도 되냐며 허락을 구한다. 친구 중 한 명이 변호사라서 나 대신 그에게 협박장을 보낸다. 오늘부로 G가 어떤 방식으로든 문학적 저작물의 범주에 속하는 저서에 나의 이름이나 나의 이미지를 사용하기를 고집한다면 소추될 것이다. G는 다시 요구하지 않는다. 마침내 안전해진다. 잠시 동안.

그로부터 겨우 몇 달 뒤, G가 공식 인터넷 사이트를 갖고 있으며, 그 사이트에 자신의 생애와 작품 연보, 자신이 정복한 여자아이들 몇 명의 사진을 올려놨음을 발견한다. 그 사진 중에는 열네 살 적 나의 사진 두 장도 포함되어 있는데, 그때 이후로 나의 정체성을 (무의식적으로 내가 보내는 모든 메일에 V라고 서명할 정도로) 요약하는 머리글자 V가 사진 설명을 대신하고 있다.

견디기 힘든 충격이다. 변호사 친구에게 전화를 거니, 초상권 분야에 경험이 더 많은 동료 변호사를 추천한다.

우리는 최고장을 요구하고, 이것만으로도 상당한 비용이 든다. 하지만 오랜 조사 끝에, 나의 새로운 조언가가 불행히도 할 수 있는 일이 별로 없음을 알려준다. 그 사이트는 G의 이름이 아니라, 아시아의 어딘가에 주소를 둔 웹마스터의 이름으로 등록이 되어 있다.

"프랑스의 법규와 전혀 상관이 없는 대리인이 올린 내용을 갖고 그 소유권이 G. M.에게 있다고 할 수는 없으니, 결국 G. M.은 완벽하게 빠져나갔네요. 법적으로 그 사이트는 팬이 만든 것, 그 이상도 이하도 아니랍니다. 전적인 파렴치지만, 피해 갈 수가 없군요."

"아시아에 사는 알지 못하는 사람이 어떻게 열네 살 때의 내가 찍힌 사진들을 입수할 수가 있었다는 거죠? G만이 갖고 있는 사진들인데? 말이 안 되잖아요!"

"동일한 사진들을 갖고 계시지 않다면, 사진 속의 인물이 나라고 입증하기 힘들 겁니다." 변호사가 답한다. "정말 유감이에요. 게다가 G가 최근에 거물급 변호사를 선임했다네요. 지적 재산권 분야의 제일인자라서 모두가 가장 두려워하는 인물입니다. 질 게 뻔한 소송전을 시작하면 연봉뿐만 아니라 건강까지도 위협을 받게 될 텐데, 정말 그럴 만한 보람이 있는 일일까요?"

　나는 마지못해 포기한다. 한 번 더, 승자는 그다.

지금 나는 70년대에 간행된 G의 텍스트,《열여섯 살 미만》이라는 그 유명한 에세이를 출간했던 출판사에서 근무하고 있으니, 우연의 아이러니라고 할 만하다.

물론 출판사에 취직하기 전에 그 책의 저작권이 갱신되지 않았는지를 확인했다. 갱신되지 않았고, 그 이유는 모르겠다. 스스로에게는 윤리적 비난이 그 이유라고 말해주기를 즐긴다. 아마도 현실은 그보다는 훨씬 더 비속할 거다. 그런 종류의 출간물을 좋아하는 사람들이 점점 줄어서 혹은 좋아한다는 것을 드러내는 게 창피해서일 거다.

불행히도 G는 파리의 거의 모든 출판사에서 계속 맹위

를 떨친다. 우리가 만난 지 30년도 더 되었지만 그는 여전히, 그리고 줄곧 자신의 영향력이 내게 미친다는 걸 확인해야만 직성이 풀린다. 어떻게 나의 흔적을 찾아내는 데 성공했는지 알지 못하지만, 문학계라는 곳이 바닥이 손수건만 한지라 뒷말이 무섭게 퍼진다. 더 멀리에서 찾을 필요도 없다. 어느 날 아침, 사무실에 도착하니 나의 직장인 이곳 출판사의 대표가 보내온 거북한 장문의 메일이 와 있다. 몇 주 전부터 G가 자신과 나 사이에서 다리를 놓아 달라고 간청하는 메시지들을 보내오는 바람에, 말 그대로 G로부터 집요한 괴롭힘을 당하고 있다는 것이다.

그녀의 메일은 이렇다. "정말 미안해요, V. 이 이야기로 당신을 괴롭히지 못하게 중간에서 막으려고 애쓴 지 벌써 꽤 됐어요. 하지만 어찌해도 잠잠해지지 않으니, 아예 이런 상황에 대해 알리고 그의 메일들을 전달해야겠다고 결심했어요."

수치심으로 뻣뻣하게 굳은 채 읽어 내려간 그 서신들에서 G는 우리 이야기의 전말을 자세히 묘사하면서 (혹시 출판사 대표가 알고 있지 않은 경우에 대비해서, 마치 그것이 그녀와 상관있다는 듯이) 빠짐없이 적어 내려간다.

그렇게도 참을 수 없이 사생활을 침해하는 것 말고도, 문투가 달콤한 동시에 비장하다. 소위 죽음의 문턱에서, 쓸데없는 하찮은 이야기들 사이사이에 자신의 가장 소중한 소망은 나를 다시 만나는 것이라고 밝히면서 동정심을 자아내려고 든다. 심각한 병에 걸려서, 나의 사랑스러운 얼굴을 한 번 더 보지 못하고는 평화롭게 이 세상을 뜰 수 없을 거다, 어쩌고저쩌고……. 죽어가는 사람의 청은 거절하지 않는 법이다, 어쩌고저쩌고……. 그래서 간청드리는 것이니, 반드시 자신의 메시지를 전달해야 한다. 마치 그의 변덕을 들어주는 것이 당연한 일이라는 듯이.

개인 주소를 갖고 있지 못한 관계로 직장으로 편지를 쓸 수밖에 없어서 유감이다. 점입가경이 아닌가! 위선적이게도 자신이 얼마 전에 내게 보냈던 편지 한 통에(실제로는 한 통 이상이다) 답장이 없어서 놀랐다고 하더니, 우리가 최근에 사옥을 옮기는 바람에 그리된 모양이라고 혼자 알아서 납득한다.

사실, G가 보내온 편지들을 사무실 책상 위에서 여러 차례 발견했고, 그때마다 읽어보지 않고 휴지통에 던져버렸다. 기어코 편지를 열어 읽어보게 하려고, 심지어 하루는 자신의 글씨체를 알아보지 못하게 다른 사람에게 겉봉을 쓰게 시키기까지 했다. 어쨌든 내용은 30년 전부터 늘 똑같다. 나의 침묵이 불가사의다. 아마도 나는 그렇게 고귀한 결합을 파괴하고 그를 그다지도 고통받게 했다는 생각만 해도 후회로 타들어가고 있으리라! 결코, 그는 내가 자신을 떠났다는 걸 용서하지 못하리라. 그는 그 무엇에 대해서도 사과하지 않는다. 죄인, 그것은 나다. 성인 남자와 어린 여자아이가 함께 누릴 수 있는 가장 아름다운 사랑 이야기에 종지부를 찍은 죄를 저질렀으니. 내가 그에 대해 무슨 말을 하든지, 나는 지금도, 앞으로도 영원히 그의 것이리라. 우리의 격렬한 열정이 그가 쓴 책들 덕분에 어두운 밤에도 계속 빛날 테니까.

나와 함께 일하는 문학팀 팀장이 그를 위해 중재자로 나설 마음이 전혀 없다고 명확히 거절하자 G가 보내온 답장에서 눈에 띄는 문장이 있다. "천만에요, 나는 절대로 V의 과거의 일부가 아닐 테고, 역으로 V 역시 마찬가지일 겁니다."

다시금 막연한 분노가, 노여움이, 무력감이 고개를 쳐든다.

결코, 그는 나를 가만히 놔두지 않으리라.

컴퓨터 화면을 마주하고 울음을 터뜨린다.

2013년에 G는 20여 년 전부터 그를 살짝 홀대했던 문학계로 화려하게 복귀한다. 그의 마지막 에세이에 권위 있는 르노도상이 수여된다. 내가 존경하는 사람들이 텔레비전 스튜디오에 나와서 주저 없이 공개적으로, 그 문학계의 대가가 타고난 부인할 수 없는 재능을 찬양한다. 좋다. 사실 그 점이 문제는 아니니까. 나는 개인적인 경험 때문에 그의 작업에 대해 객관적인 판단을 내리지 못하고 역겨움만 느낀다. 어쨌든 20년 전부터 그가 어떤 작품들에서 옹호하고 있는 견해뿐만 아니라 그의 소행에 대해서 신중한 의견들이 표출되기 시작했으니, 그의 작품이 갖는 영향력에 대해서는 그런 견해에 더 많이 귀 기울이면 좋겠다.

상이 수여될 즈음 논란이 ─유감스럽게도 아주 미미한 파장을 불러일으키면서─터져 나온다. 정말로 아주 드물지만 몇 명의 기자들이(그의 세대와는 다른 세대인, 나와 같은 세대인 젊은이들) 그 영예로운 포상에 반대했다. G로 말하자면 수상식에서 행한 수상 연설에서 이 상은 자신의 작품 중 하나가 아니라 자신의 작품 전체에 대해 주는 상이라고, 사실과 무관한 주장을 했다.

"책이나 그림이나 조각이나 영화를 그 아름다움이나 표현력이 아니라 윤리성 혹은 소위 비윤리성을 잣대로 평가하는 것은 그 자체로 이미 대단한 바보짓이며, 나아가 취향이 훌륭한 사람들이 이 작품에 보여준 환대에 분노하여 청원서를 작성하거나 청원서에 서명하겠다는 병적인 생각을 한다는 것은 순전히 역겨운 짓으로서, 작가와 화가와 조각가와 영화인에게 해를 끼치는 것이 그 유일한 목적일 뿐이다." 언론에 실린 그의 변명이다.

'순전히 역겨운 짓?'

그렇다면, 책이 출간된 뒤에는 중학교 여학생들의 사진을 그들의 동의 없이 익명성 뒤에 숨어서 인터넷에 올리고, 그보다 앞서서는 그 중학교 여학생들과의 성행위를 묘사하면서 인세를 벌어들이고, 그 인세 덕분에 외국에 나가서 '싱싱한 엉덩이들'을 따먹는 것, 그건 뭐라고 불러야 하나?

오늘날, 나 역시 편집자가 된 지금, 문학계의 저명한 전문가들이 글 내용에 대해 미리 최소한의 거리도 확보해놓지 않고 이름, 장소, 날짜, 그리고 적어도 가까운 사람들이라면 희생자들의 신원을 확인할 수 있는 세부 사항들이 잔뜩 들어 있는 G의 일기 여러 권을 출간할 수 있었던 걸 이해하기 몹시 어렵다. 특히나 겉표지에 이 텍스트는 작가의 일기이지 허구가 아니라고 명시하여, 허구 뒤로 작가가 교묘하게 숨을 수도 없는 경우라면.

꼼꼼하게 경로를 표시해놓은 법적 공간에서라면 이해할 수조차 없는 이러한 빈틈에 대해서 오랫동안 생각해왔는데, 그걸 설명할 길은 단 하나다. 만약 성인과 열다섯 살 미만의 미성년자 사이의 성관계가 불법이라면, 엘리트의 표본인 사람—사진가, 작가, 영화인, 화가—이 그런 행위를 저지를 때에는 왜 그렇게 관용을 베푸는가? 예술가는 동떨어진 특권계급에 속하고 예술가는 우월한 덕성을 타고난 존재라서, 우리는 그들에게 독창적이고 전복적인 작품의 창작 말고는 아무런 반대급부를 요구하지 않고서 전능한 권한을 위임하며, 예술가는 예외적 특권을 누리는 일종의 귀족이어서 그 앞에 서면 우리는 앞이 안 보이는 쇼크 상태에 빠져 판단력을 상실하기 마련이라고 생각할 수밖에 없다.

예를 들어 사회관계망에 필리핀 청소년과의 성행위 묘사나 줄줄이 정복한 열네 살짜리 애인들을 공개한다면 그 어떤 개인이라도 사법 당국에 불려 갈 것이고 즉각 범죄자로 간주되리라.

그런 식의 면책을 목도하는 경우는 예술가들 말고는 사제들이 거의 전부다.

문학은 모든 것을 정당화하는가?

G의 그 유명한 검은색 몰스킨 일기장에서 이름을 알게 된 젊은 여성과 만나는 일이 두 번 있었다. G가 극구 부인 했지만, 나탈리는 우리가 연인 관계인 동안에도 그가 계속 만들었던 애인 중 한 명이었다.

처음 만난 건 G가 단골로 출입하던 카페에서였다. 늘 테이블 하나를 그를 위해 비워두며, 바로 몇 달 전만 해도 그가 나를 데리고 가서 저녁 식사를 했던 곳이다. 밤늦은 시간에 담배를 사러 그 레스토랑에 들어갔고, 정말로 일찍 잠자리에 드는 유형인 만큼 G가 거기에 있을 확률은 거의 없었다. 그런데 불행히도 틀렸다. 즉각 그를, 그리고 그 앞에 앉아 있는 아주 어린 여자아이를 알아봤다. 그 아이의 얼굴에 어린 광채와 싱싱함에 마음이 혼란스러웠다. 순간, 늙었다는 느낌이 들었다. 열여섯 살도 채 되지 않았는데 말이다. 그와 관계를 끊은 지 1년이 넘은 때였다.

5년 뒤, 스물한 살 무렵, 소르본에서 강의를 듣고 나오는 길이어서 생미셸 대로를 내려오는데, 맞은편 보도에서 어떤 목소리가 내 이름을 여러 번 크게 외쳐대며 나를 부른다. 돌아보고서도, 처음에는 나를 향해 손을 흔드는 그 젊은 여자가 누구인지 알아보지 못한다. 그녀는 차에 치일 뻔해가면서 뛰어서 길을 건너오더니, 내게 다가와 기억을 되살려준다. 자기 이름은 나탈리라고, 파리의 담배 연기 자욱한 카페에서 G가 예의 없이 의기양양한 미소로 내게 인사를 건넸던 어느 날 저녁의 짧고 힘들었던 만남을 조금 거북해하면서 일깨운다. 그러더니 커피 한잔 마실 시간이 있냐고 물어온다. 그게 무엇이든 그 여자와 함께 나누고 싶은 게 있는지는 확신이 안 서지만 한 가지가 호기심을 자극하니, 그녀의 젊음이 나의 젊음을 앗아 갔다는 생각이 들 정도로 그토록 아픔을 줬던 그 광휘가 얼굴에서 사라졌다는 것이다. 허세에 휘둘린다면 그로부터 만족감을, 설욕의 감정을 끌어낼 거다. 이런 식으로 길 한복판에서 감히 내게 접근하려면, 더구나 5년 전 내가 G의 애인이었던 시기에 그녀 역시 G의 애인이었으니, 엄청난 용기가 필요한 일이었다. 무엇보다도, 정말이지 그 여자가 괜찮아 보이지 않다는 걸 알아차린다. 그 얼굴이 고뇌에 갉아먹혔다.

미소를 지어 보이며, 그녀의 흥분된 동시에 살짝 염려스러운 태도에도 불구하고, 잠깐 이야기를 나누자는 청을 받아들인다. 우리가 자리를 잡고 앉자마자 말들이 폭포수처럼 흘러나오기 시작한다. 나탈리는 자신의 유년기와 해체된 가족과 부재하는 아버지에 대해 이야기한다. 어찌 나의 모습을 알아보지 못하겠는가? 똑같은 시나리오. 똑같이, 밝힐 수 없는 고통. 그러더니 G가 자신에게 어떤 아픔을 줬는지, 가족, 친구, 여자아이의 삶을 구성하는 그 모든 것으로부터 자신을 떼어내기 위해서 어떻게 조종했는지를 이야기한다. 그러더니 G가 사랑을 하는 방식, 너무나 기계적이고 반복적이던 그 방식을 다시 기억 속에 되살려준다. 그녀 역시 사랑과 섹스를 혼동했던 가여운 여자아이다. 나 또한 나탈리와 전적으로 같은 의견이다. 모든 것이, 세부적인 것까지도 다 되살아난다. 말들이 급하게 쏟아지는 동안, 나도 어서, 그 경험에 대한 기억이 아직도 얼마나 고통스러운지를 자세하게 말하고 싶어서 흥분된다.

나탈리는 쉬지 않고 말하고, 사과하고, 입술을 깨물고, 신경질적으로 웃는다. G가 이 만남을 목격한다면 아마도 소스라칠 테지. 그는 분노한 여자들이 한데 뭉쳐서 복수를 꾀하는 걸 보게 될까 봐 두려워서, 늘 신경 써서 애인들끼리 서로 스치는 일조차 피해 갔다.

우리 둘 다 금기를 깨는 느낌이다. 도대체 무엇이 우리를 이어주고 가깝게 만드는 걸까? 우리를 이해할 수 있는 누군가에게 속마음을 털어놓고 싶은 넘치는 욕구. 몇 년 전에는 수많은 또 다른 경쟁자 중 한 명에 지나지 않았을 여자아이와 연대하는 나를 발견하니 절로 마음이 놓인다.

새로이 솟구치는 여성 연대의 의지로 우리는 서로를 안심시키려고 한다. 그 사건은 정말이지 다 지나간 일이고, 우리는 그 일에 대해 질투도 고통도 절망도 없이 웃어넘길 수조차 있다.

"자기가 에이스 중의 에이스고 애인 중 최고봉이라고

자처하잖아. 실제로는 참 애잔해!"

폭소가 우리를 사로잡는다. 갑자기 나탈리의 얼굴이 다시 차분하고 빛이 난다. 마치 내가 5년 전에 찬탄했던 그 얼굴처럼.

그러더니 마닐라의 그 어린 소년들 이야기가 나온다.

"그 사람 동성애자라고 생각해? 아니면 소아성애자?" 나탈리가 묻는다.

"청소년성애자가 더 맞을 듯해. (나는 문학을 공부하고 있고, 어떤 작가였는지는 기억하지 못하지만 관련 서적을 읽다 우연히 이 말과 맞닥뜨렸고, 그 말을 아는 게 자랑스럽다.) 그 사람이 좋아하는 거, 그건 사춘기라는 시기야. 그 사람 자체도 그 시기에 갇혀 있는 것 같아. 무시무시하게 지적인 척 해봤자 소용없어. 그 사람의 정신 구조는 청소년의 정신 구조야. 그 사람이 새파랗게 어린 여자와 있을 때면, 너도 알잖아, 그 사람은 자신도 열네 살짜리 사내아이처럼 느껴. 아마도 그 때문에 그게 무엇이든지 나쁜 일을 한다는 의식이 없나 봐."

나탈리는 다시 웃음을 터뜨린다.

"맞아, 네 말이. 나도 그 사람을 그런 식으로 보고 싶어.

가끔 내가 너무나 더럽게 느껴지거든. 필리핀에 사는 그 열한 살짜리 남자아이들과 잔 게 마치 나인 것처럼."

"천만에, 그건 네가 아니야, 나탈리, 우리로서는 어쩔 수 없는 일이고, 우린 그 남자아이들이나 마찬가지야. 그 시기에 우리를 보호해줄 사람이 아무도 없었고, 우리는 그가 우리를 존재하게 해준다고 생각했지만, 그는 우리를 이용했어. 어쩌면 그 사람도 그러고 싶어서라기보다는 그 사람의 정신병리 때문이겠지."

"적어도 우린, 우리가 원하는 사람과 자유롭게 자기는 해. 늙은이들하고만 자는 건 아니니까!" 나탈리가 웃음을 터뜨린다.

G와의 만남의 무게를 지고 있는 게 나만은 아니었고, 내게는 그에 대한 증거가 생겼다. 책에서 이야기하고 있는 것과는 다르게, 그가 자신의 젊은 애인들에게 감동적인 추억만을 남겨준 게 아니었다.

우리는 전화번호도, 언젠가 우리를 다시 만날 수 있게 해주는 그 무엇도 교환하지 않았다. 그럴 이유가 없었다. 우리는 서로를 꼭 끌어안아줬고 서로에게 앞길이 순탄하기를 빌어줬다.

나탈리는 어떻게 됐을까? 나탈리가 또래 남자를 만났기를, 그가 그녀의 고통까지도 떠안고 그녀가 갖고 있는 수치심을 떨어낼 수 있을 만큼 그녀를 사랑하기를 바란다. 나탈리가 이 싸움에서 승리를 거뒀기를 바란다. 그날의 나탈리처럼 초췌하고 피폐한 얼굴로, 자신의 말을 들어줄 사람을 절절히 원하면서 벽에 다붙어 걸어가는 여자아이들이 오늘날 대체 얼마나 될까?

믿을 수가 없다. 그런 일이 가능하리라고 결코 생각도 못 했던 것 같다. 애정 문제에서 그렇게 여러 번 실패를 겪고 주저 없이 사랑을 받아들이는 일에서 그렇게 어려움을 겪고 난 뒤, 나의 반려가 된 남자는 내가 지닌 상처의 많은 부분을 치유하는 일을 해냈다. 우리에게는 이제 사춘기에 접어든 아들이 한 명 있다. 내가 성장하게 도와주는 아들. 어머니가 되기 위해서는 영원히 열다섯 살에 머물 수가 없었으니까. 아이는 잘생겼고, 아주 다정한 눈빛에 속마음을 확실히 밝히지는 않는다. 다행히 아이는 나의 젊은 시절에 대해 질문을 하는 법이 거의 없다. 그리고 그게 아주 좋다. 아이들에게는 오랫동안, 모든 사람들이 자신들이 태어난 순간부터 존재한다. 어쩌면 아이 역시 본능적으로 깊이 파고들지 않는 것이 더 좋을 것 같은 어두운 부분이 있음을 느끼는지도 모른다.

여전히 억제할 길 없는 우울증과 공황발작으로 점철된 시기를 통과하고 있을 때 어머니를 원망하는 일이 종종 발생한다. 어머니로부터 사과 비슷한 거라도, 아주 작은 회개라도 얻어내려고 지속적으로 시도한다. 어머니의 삶을 고달프게 만든다. 어머니는 절대 굽히지 않고 본인의 입장을 고수한다. 나는 오늘날 우리 주위의 청소년들을 가리키면서 어머니의 견해를 바꿔보려고 든다. 봐요, 보이지 않아? 열다섯 살이면 아직도 얼마나 애 같은지? 어머니는 대꾸한다. 그게 뭔 상관이래. 너는 저 나이 때 훨씬 더 성숙했다고.

그러고 나서 어머니에게 이 글을 읽어보게 보내드린 날, 그 누구보다도 어머니의 반응이 가장 두려운데, 어머니로부터 답장이 온다. 아무것도 바꾸지 마라. 네 이야기잖니.

G는 이제 83세라는 고령의 나이가 되었다. 우리의 관계로 말하자면, 아주 오래전부터 그 행위의 법적 시효는 만료된 상태이고, 그가 쓴 가장 위반적인 책들도 서서히 망각 속에 파묻히면서 그의 유명세가 서서히 사라지고 마는 순간이 왔다―시간의 흐름이여, 찬양받을지어라.

이 글을 쓰고, 나아가 이 글이 출간되는 것을 보는 데 동의하기까지 정말 오랜 세월이 흘렀다. 지금까지도 준비가 덜 되었다. 장애물들은 넘어설 수 없을 것 같았다. 우선 이 사건의 자세한 이야기가 가족 및 직장 생활에 미치게 될 결과, 늘 예측하기 어려운 그 결과에 대한 두려움이 있었다.

또한, 어쩌면, 여전히 G를 보호하고 있을 그 소규모 집단에 대한 두려움을 극복해야만 했다. 그건 무시할 수 있는 게 아니었다. 이 책이 언젠가 출간된다면, 그의 팬들로부터 쏟아질 격렬한 비난을 마주해야 할지도 모른다. 또한 G가 작성했던 그 유명한 청원서에 서명했기에 자신들을 비난하고 있다고 생각하는 68세대들이나, 어쩌면 성에 관한 '보수적' 담론에 반대하는 몇몇 여성들, 간단히 말해 윤리적 질서로의 회귀를 격렬히 비난하는 모든 사람들의 비난을 마주할지도 모른다…….

마침내 다음의 논리에 매달려 용기를 내본다. 나는 나의 분노를 결정적으로 해소하고 내 삶의 한 장을 되찾기를 원했는데, 글쓰기가 아마도 그에 대한 가장 뛰어난 처방이 아니었을까. 이미 여러 사람이 오랜 세월 내게 넌지시 권했더랬다. 다른 사람들은 반대로 내가 다칠까 봐 그러지 말라고 권했다.

결국 글을 쓰라고 설득한 사람은 내가 사랑하는 남자다. 글을 쓴다는 건 다시 나 자신의 이야기의 주체가 되는 것이어서였다. 너무나 오래전부터 빼앗겼던 나의 이야기.

솔직히 나보다 앞서서, 비록 당시에는 여자아이였겠지만, 그 어떤 여자도 펜을 들어 G가 자신의 책에 펼쳐놓은 끝도 없이 이어지는 굉장한 성 입문의 이야기들을 고쳐주지 않았다는 게 놀랍다. 누군가 다른 여자가 나 대신 그 일을 해줬더라면 좋았을 텐데. 그 여자가 훨씬 더 재능이 있고, 훨씬 더 능숙하고, 과거에 훨씬 덜 얽매였을 수도 있으니까. 그랬더라면 내가 지고 있는 무게가 많이 가벼워졌으리라. 그렇게 침묵을 지키면, G의 말들을 뒷받침해주고,

그 어떤 여자아이도 그를 만났던 것에 대해 결코 불평한 적이 없었음을 입증해주는 것처럼 보인다.

나는 그것이 진실이라고 생각하지 않는다. 차라리 10년, 20년, 30년이 지난 뒤에도 여전히 그러한 영향력에서 벗어나기가 극도로 어려워서라고 생각한다. 본인이 틀림없이 그 사랑을 느꼈을 테고 본인이 그 끌림을 촉발했기에 스스로가 그런 사랑과 끌림의 공모자라고 느끼는 데서 오는 양가의 감정이, 문학계에서 여전히 G를 지지하는 몇몇 추종자들보다도 더 우리의 손을 묶어버린다.

부모 노릇이 힘에 부치거나 부모 노릇을 포기한 부모를 가진 외롭고 위태로운 여자아이들에게 눈독을 들일 때 G는 이미 그 여자아이들이 결코 자신의 명성을 위협하지 않으리라는 것을 똑똑히 알고 있었다. 그리고 아무 말 하지 않는 자는 동의한 것이다.

그런데 내가 알기로, 셀 수 없이 많은 그 애인 중 어떤 여자도 자신이 G와 함께 체험했던 그 놀라운 관계에 대해 책 속에서 반드시 증언하고 싶어 한 것도 아니었다.

거기에서 어떤 신호를 봐야 할까?

오늘날 바뀐 것, 그와 그의 옹호자 같은 사람들이 청교도주의에 젖은 분위기를 맹비난하면서 불평해대는 것, 그건 풍습의 해방이 이뤄지고 난 뒤 희생자들의 말 역시 한창 해방되는 중이라는 것이다.

최근에, 권위가 대단한 현대 출판 기록물 연구소를 방문하고 싶은 생각이 들었다. 캉 평야에 위치한 근사하게 복원된 옛 수도원인데, 방문 예약을 통해 마르셀 프루스트 혹은 마르그리트 뒤라스의 원고를 열람할 수 있다. 거기 들르기 전에 인터넷에서 그곳에 보존된 기록물들의 작가 명단을 훑어보다가 경악스럽게도 G. M.의 이름과 맞닥뜨렸다. 몇 달 전, 그가 자신의 원고 전체와 연애편지까지도 이 고귀한 단체에 기증했다. 계승이 이렇게 안전하게 이루어졌다. 그의 작품은 역사 속으로 들어갔다.

지금으로서는 현대 출판 기록물 연구소 방문을 포기했

다. 옆 탁자에 앉아 있는 사람이 내가 열네 살 때 썼던 편지들을 한창 열람 중일지도 모른다는 생각을 하면서, 내가 맹목적으로 좋아하는 어떤 작가의 괴발개발 적어놓은 악필을 해독하려고 장중한 침묵이 내리누르는 그 커다란 연구실에 앉아 있는 나의 모습이 그려지지 않았다. 그가 기증한 편지들의 열람 허가를 신청하는 상상도 해봤다. 20세기 후반의 허구에 나타난 위반을 다루는 박사 논문을 쓴다든가 G. M.에 관한 석사 논문을 쓴다는 등의 거짓말을 지어내야 하리라. 그러면 나의 요청은 우선 그를 거쳐 가는 걸까? 그의 허락이 필요했을까? 내가 직접 쓴 편지를 다시 읽어볼 권리를 누리기 위해서 그런 술책을 거쳐야 한다면, 그 무슨 아이러니일까.

비록 분서(焚書) 생각만 해도 늘 마음속에 최악의 공포가 생겨났지만, G의 헌사가 적힌 책들과 최근 몇 년 동안 어머니의 집에 남아 있는 상자 바닥에서 회수한 G의 편지들로 알록달록 종잇조각들을 흩뿌리는 거대한 카니발을 여는 것에 대해서는 거부감이 들지 않을 것 같다. 그 책들과 편지들을 내 주위에 펼쳐놓고 두 손에는 멋진 가위를 들고서 잘디잘게 산산조각을 낸 뒤에, 폭풍이 몰아치는 어느 날 뤽상부르 공원의 어딘가 은밀한 구석에서 몽땅 바람에 날려버리리라.

바로 그 글들은 영원히 후대로 계승되지 못하리라.

추신

독자에게 일러두기

G. M.이 쓴 책의 어떤 부분들은 글줄 사이로, 가끔은 가장 직접적이고 가장 노골적인 방식으로, 미성년자에 대한 성적 침해를 명백히 옹호하는 내용을 담고 있다. 문학은 온갖 윤리적 판단을 넘어선 곳에 위치하지만, 성인이 아직 성적 자기 결정권이 없는 사람과 성관계를 갖게 되면 그것은 법적 처벌 대상이 되는 비난받아 마땅한 행위임을 일깨워주는 것이 편집자로서의 우리의 일이다.

자, 그렇게 어렵지 않다. 나조차도 위의 글을 쓸 수 있었던 거다.

감사의 말

이 글의 첫 '객관적' 독자인 클레르 르 오드비안에게 소중한 충고와 격려의 말에 대해 고마움을 전한다.

주저 없이 출간을 결정한 올리비에 노라에게 신뢰와 독려에 대해 감사의 마음을 전한다.

끝으로 이 책을 출간하기까지 완벽할 정도로 섬세하게 신경 쓰고 옆에서 지원해준 쥘리에트 조스트에게 고마움을 표한다.

옮긴이의 말

2013년 에세이 부문 르노도상은 가브리엘 마츠네프(1936~)에게 돌아간다. 소설, 산문, 시 등 분야를 가리지 않고 활발한 창작 활동을 이어왔고 이미 프랑스 한림원인 아카데미 프랑세즈에서 수여하는 모타르상과 아미크상을 각각 1987년과 2009년에 수상했던 마츠네프는, 이로써 다시 한번 스포트라이트 속으로 들어온다. 당시 그의 성 윤리와 관련된 약간의 잡음이 일지만, 곧 잦아들고 만다. 이렇게 오히려 문학적 영예로 덮이면서 영원히 가라앉는가 싶던 마츠네프의 치부는 2020년 벽두에 쥘리아르 출판사의 대표 바네사 스프링고라의 작품 《동의》가 출간되면서 수면 위로 떠오른다.

열세 살짜리 바네사가 오십 세의 마츠네프와 처음 마주치게 된 것은 편집자인 어머니의 간청에 못 이겨 가게 된 사교 만찬장에서다. 스프링고라는 일어나지 않았으면 좋았을 그 첫 번째 맞닥뜨림 이후로, 어린 바네사가 어떤 과정을 거쳐서 성 맹수의 먹잇감이 되는지를 차분하게 기술한다. 우선, 스프링고라는 먹잇감을 찾아다니는 마츠네프가 눈독을 들일 만한 조건이 어린 바네사에게 있었음을 지적한다. 바네사는 유년기에, 부모가 이혼한 후에는 말할 것도 없고 그전부터 존재하나 부재하는 아버지로 인해 고통받았고, 청소년기에 접어들면서는 무의식적으로 그러한 부성애 결핍증을 아버지의 대체물을 찾아서 해결하려고 한다. 또 하나, 출판계에서 일하는 어머니 덕분에라도 어려서부터 익숙할 수밖에 없었던 책의 세계는 바네사에게는 늘 현실 도피의 공간이자 현실을 버티게 해주는 유일한 세계였고, 따라서 바네사가 갖고 있던 문학과 문인에 대한 동경이 마츠네프 사건에서 결정적 요인 중 하나로 작용한다.

이러한 심리 구조를 가진 바네사는 나이 어린 청소년에

게 끌리는 특정 성적 경향의 소유자이자 이미 문단 카르텔 안에서 확고한 지위를 누리고 있는 마츠네프에게는 다시없을 호조건의 먹잇감인 셈이다. 역시나 마츠네프는 한눈에 바네사의 약점을 파악하고 즉각 자신의 욕구 충족에 나선다. 어린 여자아이를 성적으로, 정서적으로, 문학적으로 '탈탈 털어먹기' 위해 자신의 온 재능과 지성을 총동원해서.

어른의 적절한 보호를 받지 못하고 성 맹수에게 걸려든 어린 바네사는 복구가 불가능하게 몸과 마음이 황폐해져서도, 마츠네프가 물리적 폭력을 가하지 않았고 자신도 한때 그에게 호감을 느꼈다는 점 때문에, 너무나도 오랜 기간을 자신을 탓하며 죽은 것도 산 것도 아닌 상태로 삶의 언저리를 유령처럼 떠돈다. 희생자에게 왜 너는 아버지뻘 남자에게 끌리는지를 묻기 전에 가해자에게 왜 너는 어린 여자아이에게만 끌리는지를 물어야 하는 것이 논리적인데도, 성폭력 사건에서 흔히 목도하듯, 바네사 역시 그 당연한 의문을 품고 자신이 성폭력 사건의 희생자임을 받아들이기까지 극심한 심리적 어려움을 겪는다. '동의'라는 책 제목에서부터 충분히 짐작할 수 있듯이, 스프링고라는 가해자가 전가의 보도처럼 휘두르고 사법부가 실망스럽게도 기계적으로 받아들이곤 하는 그 '동의'라는 개념이 피해자의 자책감과 가해자의 뻔뻔함을 먹고 자라는 독버섯일 수 있으며, 그런 만큼 '동의'라는 개념을 얼마나 조심스럽게 다뤄야 하는지를 기억하라고 촉구한다.

《동의》는 또한 어린 바네사가 사회인 스프링고라로 서기까지 거쳐 가지 않을 수 없었던 자신과 자신을 둘러싼 환경에 대한 치열한 분석이며, 이러한 성폭력을 용인하고 부추겼던 프랑스 문단과 지식인 사회에 대한 냉철한 비판이기도 하다. 소위 글이 아름답다는 허무주의 철학자 시오랑이 바네사를 향해 충고랍시고 창작자의 고통과 뮤즈의 역할에 대해 주절거리는 장면은 어찌나 시대착오적인지 분노를 넘어서서 웃음을 낳는다. 마즈네프가 어떤 사회적인 분위기 속에서, 필리핀의 어린 남자아이들과의 성행위를 아름다운 사랑 이야기로 둔갑시켜 버젓이 발표하고 팔아먹을 수 있었는지를 간접적으로나마 짐작할 수 있게 해주는 일화이다. 성폭력 희생자의 글쓰기 테라피인 듯 시작했던 《동의》는 이렇게, 한 사회에서 예술가가 예술을 앞세워 누릴 수 있는 자유의 마지노선이 어디까지여야 하는지에 대한 물음으로까지 나아간다.

《동의》는 성폭력 희생자 바네사의 증언록이기도 하지만 마츠네프에게 자신의 이야기와 자신의 글을 약탈당했던 작가 스프링고라의 정당한 문학적 응징이기도 하다. 다양한 각도에서의 독서가 가능한 글이지만, 고통스러울 독서 끝에 우리가 마주치게 되는 것은 여기서 다루고 있는 여러 가지 문제들이 프랑스뿐만 아니라 한국 사회 역시 현재진행형으로 겪고 있는 문제들이기도 하다는 자각이리라.

정혜용

동의

1판 1쇄 발행　2021년 2월　1일
1판 2쇄 발행　2021년 4월 12일

지은이·바네사 스프링고라
옮긴이·정혜용
펴낸이·주연선

총괄이사·이진희
책임편집·심하은
표지 및 본문 디자인·이다은
마케팅·장병수 김진겸 이선행 강원모 정혜윤
관리·김두만 유효정 박초희

(주)은행나무
04035 서울특별시 마포구 양화로11길 54
전화·02)3143-0651~3 ｜ 팩스·02)3143-0654
신고번호·제 1997—000168호(1997. 12. 12)
www.ehbook.co.kr
ehbook@ehbook.co.kr

잘못된 책은 바꿔드립니다.

ISBN 979-11-91071-34-4 (03860)